文芸社セレクション

いてつる星

和久井 志絆
WAKUI Shizuna

文芸社

序　章

今にしてみれば、なぜそんなことをしたのかわからない。振り返ってみれば、自分でも説明できない感情や思考があることに気づかされるのだ。

一月も半ばを過ぎた。正月のほのぼのとした空気も抜け、真冬とはいえ寒すぎるんじゃないかと思う。小雪も散らつき始めて、冗談抜きに練習を中断したほうがいいんじゃないかという意見も出始めていた。

十二月の全国大会はとても盛り上がった。その反動か、逆に部員たちは少し気が抜けている。最終的には部長である自分が判断するのだが、もう中断どころか今日の練習は終了しようかと、鈴香は考えていた。

弓道という競技に寒さは大敵だ。大袈裟ではなく手足がブルブルと震え、射型も崩れやすい。しばらくは大きな大会もないし、張り切る必要もない。夕べ遅くまで本を読んでいた鈴香は、非礼ながらも欠伸をしてしまった。

今日はあの子、来ないなぁと、鈴香は思った。

その子が弓道場に現れるようになったのは今から一ヶ月ほど前からだ。真っ白い猫だった。とても野良とは思えない綺麗な毛並みの女の子だった。普通は「雌」というところだが、妙にピュアというか乙女チックな部員が多いこの部内では「女の子」として認識されていた。

動物好きな部員たちの間では、弓道部で正式にペットとして飼わないかという案も出ていた。寒い中、一人ぼっちでは可哀想だし、暖かい部室に入れてやろう、エサ代なんかはみんなでカンパしようと話は盛り上がっていた。

家でペットを飼っている者が言うには、犬よりも猫のほうが飼いやすいらしい。散歩の必要もないし、トイレの世話も楽だそうだ。

「今日はツルちゃん来ないねぇ」

白い息で手を暖めていた鈴香に、女子部員の一人が話しかける。

「ツルちゃん」というのがその猫の愛称だ。真っ白で細長い身体が鶴っぽいし、弓道の「弦」ともかけて、みんなで決めた。

「雪も降ってるしねぇ。早く室内に入れてあげたいね」

「そうだよねぇーよし！」

ヒュンヒュンと弦音が響く中で、部員たちが「よし」とか「残」とか声を張り上げているのは、弓道に於ける「看的」と呼ばれる作法だ。射手たちはそうやって互いに鼓舞し合う。

高校の部活動としては広くも狭くもない射場。第一射場と第二射場に分かれ、それぞれ三人ずつ並ぶ。今、第二射場の先頭、チームに於いて「大前」と呼ばれる位置にいるのは、名実共にエースの満島明良だ。

もう一人いる二年生と一緒に中学時代から弓道部で、十二月の全国大会で個人の部・準優勝という活躍を見せたことから、今では全国的にもちょっとした有名人だ。

そんな、地味で目立たないタイプの人間が多い弓道部の中では一番派手な肩書きを持つ、ちょっとカッコいい男の子を、鈴香はぽーっと見つめていた。四射一組の弓道という競技で、彼は今一射目と二射目を続けて当てた。あの子が現れたのはそんなタイミングだった。

射場から的までの芝生の道、「矢道」という空間を挟んで反対側の茂み。そこにツルはひっそりと佇んでいた。

気づいているのは鈴香だけだった。

―出ちゃダメだよ―

心の中で呟く。

満島明良が三射目に入った。

―ダメだよ。ダメだよ―

願いは届かなかった。

ツルはヒョイと矢道に飛び出した。

冷静に考えれば、小猫の身体の大きさと、矢の軌道から言って直撃する可能性はほとんどない。だが、その時の鈴香はただ無心で、その子を助けたいと思った。見えない手に引っ張られるように、或いは見えない手に背中を押されるように、鈴香は矢道に飛び出した。

「あっ」とか「ひっ」みたいな声が、正確に言うと声になる前の息が引っつくような音がそこら中から漏れた。

それから先のことを鈴香はあまり覚えていなくて、その日の部活はそこで中断されて、鈴香は家に帰ると部屋に籠り一頻り泣いて、記憶がはっきりしているのは次の日にはなんとかいつも通りに登校できたというところからだ。

第一章

1

満島明良は小野鈴香とクラスが違うことを確認すると、取り敢えず胸を撫で下ろした。おまけに森啓輔と同じクラスで嬉しく思った。

「明良ちゃんと同じクラスか。六年目にして初めてだな」

「そうだな。まぁ部活で毎日会ってんだから今更感あるけど」

新学年の始業式。体育館の壁に貼られたクラス表は、前にずっと突っ立っていては後ろに並ぶ生徒たちの迷惑になる。二人は最低限の情報だけ確認すると、さっさと立ち去った。

「日本史の相田先生が担任かぁ。直接は役に立たないけど、まぁ良い先生だからラッキーだな」

「啓輔は理系だからな。俺は超ラッキーだよ」

先輩たちから聞いた話だと、相田先生の授業は相当面白いらしい。暗記ものが苦手な人でも日本史が受験で強力な武器になるそうだ。

「あぁ、いよいよ受験生になるのか。ワクワクするな。星たちが俺に微笑みかけてる」

「変態だよ、お前。完全に」

神奈川県立関原高校、通称・せっこうは県内では有数の進学校だが、実態は勉強より部活や体育祭、球技大会などの行事に力を注ぐスポ魂学校だ。そんな中で異質なのが明良たちの所属する、弓道部だ。

汗と泥にまみれての鍛練こそが「努力」だと主張する他の運動部の連中からは長年、怠け者の溜まり場と差別されてきた。そんな風向きを変えたのが満島明良だ。

「俺は弓に青春懸けてたんだ。お前みたいな勉強大好き人間の方が特殊だ」

「懸けてたって、過去形にするなよ」

エースだった、と思っているのは明良本人だけだ。今も、これからもエースだと思っている仲間たちに何を言われても本人だけは、自分も怠け者以下の負け犬だと思っている。

「まぁ、部活の話はいいじゃん。新しいクラスの奴らとも仲良くしようぜ。よう、山もっちゃん、お前も同じクラスか？」

五十音順で満島、森、の後ろにいた野球部の山本に、明良は話しかけた。

「おう、明良君。今年はよろしくな。啓輔君、だっけ？　も仲良くやろうぜ」

「お、おう。よろしく」

社交的で他の部活の人とも親しく接する明良のような人間は弓道部の中では少数派で、人見知りする啓輔は部内では人気者でもクラスでは例年「その他大勢」と言った立ち位置だ。山本も「明良君と仲良い奴」というくらいの認識しかない。

「それにしても、今年は何分で終わるかな？　始業式」

「去年は二十分もかからなかったよな」

明良と山本が話すように、せっこうの全校集会は毎回とにかく短い。校長先生のスピーチなど長いのが定番で、どんな人でも大人になってから「あるある話」として盛り上がるのだが、せっこうOBたちは逆に「変わってますねぇ」と珍しがられる対象だそうだ。

「三年生にとっては最後の一年間です。精一杯悔いのないよう頑張って下さい。一年生にとっては最初の一年間です。早く高校生活に慣れて目一杯楽しんで下さい」

特に号令もなしに締まりなく始まった始業式だが、校長先生の挨拶は要するにこれしか言ってない。啓輔は山本から肩を叩かれて振り返った。

「明良君に渡して」

何やら小さい紙をもらったので言われた通りに前に座る明良に手渡した。山本、森、満島へと移動したその紙には何か面白いことでも書かれていたのか、明良は声を殺して笑った。そして自分も鞄から筆記具を取り出して何かを書き足し、啓輔に渡す。見てもいい？　と声には出さずに確認を取ると啓輔も一目で笑みを漏らす。啓輔は少し嬉しかった。今年は自分もこんな風に、明良を介して他所の部の人たちとも仲良くなれるかもしれないと思ったのだ。

「校長先生もおっしゃったように三年生にとってはー」

教頭先生の話も校長の話をなぞっただけで終わった。手抜きというより関原の教師たちはこんな風に肩肘張らないスタンスが好きなのだ。

十五分で終わった始業式。実際は生徒たちも例年、新学期をあっさりとスタートさせる傾向がある。新クラスの親睦会なども特に行われない。行事なども四月中は特にない。そのほうが五月病なんて厄介なものにかかる人も少なくて助かると、教師たちは思っている。

それでも最初のホームルームでは長い時間をかけて自己紹介が行われた。笑いや新鮮な驚きに満ちたその時間を、明良はそれなりに楽しんでいた。

「石野大樹です！　サッカー部です！　アダ名は出っ歯だからデバちゃん！　実は傷ついてるから呼ばないでね！　なんて冗談ですよ！」

「えっと、木島明日香です。ブラバンでクラリネットやってます。趣味も音楽でヒトカラよくしてます」

「神野愛美です！　女バスです！　趣味はありません！　バスケ命です！」

個性豊かなお話も残り少なくなって明良の番がきた。

「満島明良です。趣味は音楽聴いたり本読んだりですかね。今年は後ろのこいつを見習って勉強を必死でやろうかなって考えてます。よろしく！」

涼しい顔でサラリと言って、そのまま自然に座った。明るい声で言ったし、笑いが起きなかったのは残念だったが、明良としてはなんもおかしくない自己紹介だと思っていた。二年の冬に全国二位。それほど部活にのめりこんでいた満島君の口から弓道の弓の字も出なかった。そのことに多かれ少なかれ「おや？」と感じている者がたくさんいたことにも気づいていなかった。

「森啓輔です。星とか宇宙の話が大好きです。部活は弓道部です。前のこの人と一緒です。よろしくお願いします」

「山本和紀です。野球部です。今年はマジで甲子園行きたいです。毎年言ってるけど！」

最後の一人まで回り、担任の相田が「じゃあ僕も簡単に」と少し自分の話をした。

明良は思っていた。こんな風に穏やかに、できるだけ楽しく、青春時代に幕が下ろせればいい。周りは関係ない。もう自分はやれるだけのことはやった。

自分の気持ちは自分だけがわかっていればいい。そんな風に考えていた。

2

四月も半ばを過ぎた。どの科目も数回ずつ授業が行われ、生徒たちは各々「この人の授業はいい。真剣に聞こう」「この人の授業はクソだ。内職の時間にしよう」と判断をし始めていた。

とは言え、最終学年だけあって三年生たちは部活が最大の関心事という人が多かった。今年こそ全国に行きたい、万年一回戦負けは俺たちの代で終わりだ、などレベルの違いはあれどもみなメラメラと燃えていた。

そんな中で今一つ盛り上がりに欠ける部があった。弓道部。

「そうそう。いいよ、オーケーオーケー。上手いよ」

二年生部員の篠田泰司が巻藁を使って新入生に指導している。仮入部期間も二週間以上が経過したわけだが、見学、体験に来る人が少ない。一度来てくれてもリピーターになってくれる人がなかなか増えない。

「慣れないうちはよくわかんないよね。俺もそうだったから大丈夫だよ」

野球やサッカーなどのメジャーなスポーツなら、小中学校で全く一度もやったことがない人などほぼいないだろう。だが、弓道となるとほとんど未知の世界だ。泰司も始めたのは高校からで、少しずつでも弓に慣れて、楽しいと感じられるようになるまでには時間がかかった。

「あっ！　ごめんなさい！」

中野と名乗った一年生が矢を明後日の方向に飛ばす。巻藁練習というのは、巻藁と呼ばれる藁を束ねて巻いたものに向かって矢を射る、野球で言えば素振りのような基礎練習だ。しかし、初心者のうちはこの超至近距離の藁にすらぶっ刺せない者もいる。泰司は「ドンマイドンマイ！」と言いながら、巻藁台の後ろの茂みに突き刺さった矢を取りに行く。内心「下手くそ！」と毒づきながら。

自分が一年生の頃、どんな心境だったたか、泰司はよく覚えていない。だが、良いイメージを持ってもらうためにも愛嬌たっぷりに振る舞うようにと女性陣から口を酸っぱくして言われている。泰司はもともと性格が暗いわけではないから、それはできるのだが、なにぶん硬派だから、キャピキャピはしゃいでいる女子たちには正直辟易している。

関原高校弓道部。三年生男子二名女子九名、二年生男子五名女子六名。

リーダー格である泰司を中心に熱血で向上心に満ちた男子に対して女子は仲良しク

ラブのきらいがある。お喋りの合間に弓引いてるような感じだ。現部長の館野葵だけ
はやる気満々で少し浮いている。

「どこ中？」

「はい、本橋中です」

とにかく明るい印象を与えなくてはいかんと思うが、部活中に弓道と関係ない話をするなど、ガチで弓と向き合っている人間としては、プライドが許さない。

「趣味とかある？」

―という気持ちとは裏腹に泰司は軽い話題を広げる。だんだん笑顔がひきつってくる。しかし、中野は目を輝かせた。

「ギター弾くのが好きなんすよ。だから軽音にも興味あって。ここって掛け持ちオーケーですか？」

殴りたくなってきた。それほど体力は使わない弓道部は、勉強やバイトと両立することも難しくはない。それでも軽音部と掛け持ちというのは、ちょっと感心しない。もちろん芸術には疎い泰司の偏見も混ざるが厳格な弓道とロックやポップのイメージは重ならない。

泰司は気づかぬうちに、三秒ほど表情をフリーズし、言葉を詰まらせた。

「ダメじゃないけど…」

言い淀んだが、ここで少し呼吸を落ち着けてきっぱりと言い直した。

「いや、ダメ。というか弓道にハマったら他のことに浮気する気は起きないよ」

「あぁ、なるほど…」

今度は中野が不満気な顔をした。髪もそこそこ茶色く、薄い塩顔なこの男。たぶん袴は似合わないなと泰司は思う。

「あと、うちに入ることになったら、原則茶髪ダメだからね」

中野は更に表情を曇天にした。こんな風に言ったらたぶんこいつはもう弓道部には入らない。それでも、新入りに媚を売るようなマネは、昭和風情漂う根性主義の泰司にはそろそろ限界だった。

そこへ隣の巻藁台で別の一年生の面倒を見ていた二年生女子が口を挟んできた。

「中野君、だっけ？　普段は茶髪でも大丈夫だよ。でも大会の時とかは黒くしてきてね」

泰司は、余計なことを言うなと、思いっ切り怒りを募らせた。それじゃあ心構えとして問題があるんだよ、と。

「秋哉っていいます。でも感激です。弓道部、美人さんばっかかで」

「まぁ、正直ねぇ！」

「…っ、四射引いたろ！　交代！」

少し声を荒げてしまう。こんなことをやりたいわけじゃない。自分が一年の時は二人だけの真面目な先輩たちが熱心に弓を教えてくれたのにと、苦虫を噛むような思いだった。

「ピリピリするな、泰司。代わるぞ」

「明良先輩…」

憧れの先輩である満島明良が不貞腐れる泰司に声をかけた。新入生の世話は例年二年生の役目。しかし、明良の表情からなんとなく胸中を察し、巻藁指導の担当を交代した。

「しゅーやー！　そろそろ軽音行こうぜ！」

「おう、今行く！」

遠くから中野の友人と思われる派手めなグループが手を振っている。中野も手を挙げて応えた。

「それじゃ他の部活も見ておきたいんで」と言って中野はさっさと射場をあとにした。仲間同士で連れ添って校舎の中へ戻っていく彼らの声が聞こえてくるようだった。実際にもこんな会話がなされていた。

「なんで弓道部なんてネクラな部活、見学してんだよ」

「すげぇ美人がいるはずなんだよ。先輩たちの話だとよ。でも今日はいなかったな。

ブスしかいなかった」

中野は袴美人にも期待していたのだ。だが、現実には男子も女子もジャージ。袴を着るのは大会や他校との合同練習など「余所行き」の時だけだ。

そんな中野の落胆も彼にブス呼ばわりされていることも露知らず、女性陣は盛り上がっていた。

「今の子、超イケメンだったね！」

「秋哉君って言ってたっけ！　弓道部に入るのかな！」

「きゃー！　お姉さん可愛がっちゃおうかな！」

活気づくメイングラウンドとは離れた弓道場は、おかしな方向に視線が向いている。

ちぐはぐに入り組んだこの場所で、泰司は行き場のない思いを抱いていた。

3

自宅から一番近い本屋は品揃えが悪い。明良は参考書を買う時などはそれをプラスに捉えていた。売れ筋の商品しか置いていないわけだから外れが少ない。

だから学校からは家と反対方向にあるこの大型書店に来るのは久しぶりだった。

―ないな。鈴香のやつ、どんだけマニアックな漫画読んでんだ―

「在庫なし」の表示を確認すると明良は画面をトップページに戻した。ついでに以前から読んでみようかと思っていた小説がないか検索しようとしたが、ふいに後ろから声をかけられ手が止まった。

「見いっけ。先輩どんだけ歩くの速いんすか。流石に本屋でダッシュする気にはなんないし、見失っちゃって大変大変」

少し額に汗が見える。口角を上げげて、自分が他人の目にどう映るか計算し尽くしているような笑顔。中野秋哉は澄んではいるが真っ直ぐではない心を投影したような目で明良を見つめていた。

「中野君、だよね。どうしたの？　こんなところで」

「超こっちのセリフですよ。明良先輩、漫画とか読むんすか？」

「別に…」

「関係ないだろ」と続けようとして抑える。そこまで邪険に突き放すつもりはない。二年生男子、特に泰司はこの中野という男に相当の敵意と嫌悪感を持っているが明良はそれほどでもない。ただ単に「そんなに知らないから」というだけのことだとは思うが。

「下のCD屋にいたんすよ。そしたら先輩見つけて追いかけてきたんですよ」

「あぁ、そう。別に、目当てのもんなかったからもう帰るけど」

「同じ方向ですよね。一緒にいいですか？　ちょっと聞きたいことあって」

ん、と肯定とも否定ともつかない返事をすると、明良は取り敢えず立ち話も変だと、歩き始めた。中野の言うように一人の時はかなり早歩きなのだが、連れがいる時は少しペースを落とす。

「なんか元気ないっすよね。小野鈴香さんのことすか？」

「…なんで鈴香を知ってるの？」

明良は驚いて中野のほうを見やる。中野はと言えば、視線は前方のままだったが。

「中学ん時の先輩から聞いたんすよ。せっこうの弓道部にすげぇ美人がいるって。写真も見せてもらって、おぉたしかにって思って。正直、せっこう受けたのもそれが目的なんす。でも、いざ見学に行ったらどこにも見当たんなくて、他の先輩方にも聞いたんすけどどうも話、濁すんですよね。なんかいろいろあったみたいっすね」

中野がベラベラと捲し立てる間、明良は相槌一つ打たなかった。見かねた中野は明良からの反応を待つため、そこで一呼吸置いた。

「誰から聞いた？　どこまで知ってる？」

「葵先輩から。あの人も結構可愛いっすよね。ちょっと中身が子供っぽいけど」

本屋のあるビルを出た。駅までは二、三分。

「なんか想像の域を出ないんすよね。どんな気持ちですか？　殺人未遂って」

明良の心臓が高鳴った。気づくと中野の胸ぐらを掴んでいた。

その憎らしい薄笑みを少しも崩さずに、中野は言った。

「普段は涼しい顔して、意外と暑苦しい人なんですね。明良先輩も」

行き交う人が、少し気になるのか、チラチラと自分たちを見ていることに気づいて、明良はその手を離した。

一月、寒い寒い雪の日に、満島明良は小野鈴香を殺しかけた。比喩ではなく、明良の放った矢の軌道が少しずれていたら、鈴香は死んでいた。

当時、部長だった鈴香は周りが目も当てられないほど、取り乱した。普段は物静かでおっとりしたタイプだったので、その動揺っぷりは今も部員たちの脳裏に焼きついている。それからしばらくの間、鈴香は射場に姿を見せなかった。彼女をお姉さんのように慕っていた館野葵が何度も何度も慰め、励ましたが結局、鈴香は退部した。

当時、エースだった明良も激しく混乱した。もう少しで人を殺していたかもしれないという恐怖は、明良のその胸に今も生々しい感触として残っている。それから明良は大きく射型を崩し、三ヶ月以上が経った今も本来の調子を取り戻せてはいない。

「お気持ち察しますよ。俺だったら即部活辞めてますね」

あの日から、本当にいろんな人から、いろんな言葉をかけられた。が、ここまで気持ちが込もっていないのは初めてだった。中野の目には今の自分は惨めに映っているのだろうかと思うと、明良はもう一度胸ぐらを掴んでやりたくなった。

人生というものを、ただなんとなく生きている人間だったら、これほど気に病むこともなかったかもしれない。だが、生憎二人はくそ真面目な性格だった。意識して避けているわけではないが、今の二人の関係は素っ気ないものになっていた。

車道の向こう側にある信号機が、随分長い時間、赤だったような気がする。青になると明良は憮然とした顔で歩き出した。中野もその背中を見ながら追いかける。

「好きだったんですか？　鈴香サンのこと」

「…なんでそう思う？」

「明良先輩が調子崩してんのと関係あんのかなって思って」

「調子、崩してないよ？　弓道のことなんて何も知らないだろ？」

「でも恋愛に関しては詳しいんです。俺、中学三年間で十五人と付き合ったから」

明良は足を速めた。泰司がこの男を嫌う理由がわかった。

「中野君ねー」

「秋哉でいいっすよ」

「下の名前で呼び合うほど親しくなりたくない。中野君さ、鈴香と仲良くなりたいんだったら方法を変えたほうがいい。あの子はもう弓道部とは関わらない」

「んー、じゃあどうすればいいですか？」

「俺に聞くな」

あの日から、変わらずに練習には参加しているが、部活終了後の居残り練はパスするようになった。今頃、泰司たちと葵は熱心に練習に励んでいる。

「女子の先輩方は明良先輩の的中率は極端に下がってはいないって言うんすよ。でも泰司先輩は射を見てるのが辛いってくらいに調子崩してるって言ってて。これ、どういうことなんですか？」

「…そんな風に言ってたか、泰司の奴。簡単なことだよ。弓道の善し悪しは単純に的中率だけでは計れない、って考える人が多い。俺は拘らないけどな」

「よくわかりません」

「だろうな」

中野がなにかを思い出したようにポンと手を叩いた。古いアクションだ。

「そうだ、知ってます？　鈴香サン、ここ二、三日学校休んでるみたいですね」

「風邪とか言ってたな。館野さんから聞いたよ」

「明日、お見舞いに行くって言ってました」

鈴香を「お鈴さん」と呼んで慕っていた女の子。ショートヘアが似合う朗らかな子で男女から好かれるタイプだ。

入学式の日に鈴香に偶然出会い「一目惚れ」して弓道部に入った。本人は小学生からやっているバスケを高校でも続けるつもりだったそうだが、今では部長を務めるほどに弓道にハマっている。それでも鈴香が部活を辞めると言い出した時は「私も辞めますぅ！」と涙を流したのだが。

「俺、結構行動力ありますからね。障害あったほうが燃えるし。つうことで、先輩がウジウジしてるうちに鈴香サンのこと、取っちゃいますね」

「…ご自由に。無理だろうけど」

それから先は中野のマシンガントークに付き合った。話の面白い奴だと思った。悔しいけど、こういう奴ってモテるだろうなと思った。自分が口下手だからか、尚更そう思った。

4

午後六時半、小野鈴香は体温計に表示された「36・6」という数字に胸を撫で下ろした。このぶんなら明日からは学校に行けそうだ。

―葵ちゃん、もうすぐ来るかな―

部活を引退して部長を委任してから、しばらくの間は何かにつけて葵から相談を受けることは多かった。それに対して鈴香は頼りになる先輩でいることができなかった。自分のことで精一杯だった。それは明良も同じだろうし、そのことに罪悪感を抱くのもたぶん同じだろう。

考えているうちにインターホンが鳴った。母親が応対し、鈴香に大きな声で呼び掛ける。

「鈴香ぁ、葵ちゃん来たわよー」

「上がってもらってー」

足音や人の気配を感じる。今頃、母親が葵を自分の部屋まで案内しているのだろう。学校では仲良しの二人だが、お互い家に遊びに行ったことは今までになかった。

「どうぞ」

ドアをノックする音に鈴香は応える。そおっとドアを開けながら「失礼しますぅ」と顔を覗かせる葵は女の鈴香から見てもチャーミングだ。いや、むしろ葵は同性受けのほうがいい。男から見ると「いい奴」感が勝りすぎてちやほやされる対象にならない。

「お久しぶりですぅ。お鈴さん」

「うん、来てくれてありがとね」

腰かけていたベッドから下りてカーペットに正座する。葵にもクッションを差し出した。童女趣味なぬいぐるみやアニメのポスターでいっぱいの部屋を見られるのが、正直恥ずかしかった。

「可愛いお部屋ですね。お鈴さんらしい」

そう言って目を輝かせる葵は可愛い。一人っ子の鈴香にとって本当の妹のような存在だった。「先輩」ではなく「さん」づけなのが却って彼女なりの敬意を感じさせる。

高校二年の春、どんな子が弓道部に入ってくるか、期待に胸を踊らせていた。あまり熱血ではない弓道部女子部陣に於いて、気は小さいながらも頑張り屋な鈴香は、自分と同じくらい直向きな女子部員を欲していた。

最寄り駅から学校までの道すがら、スマホを片手にキョロキョロしている女の子。ショートヘアに結構短くしたスカート。関原の新入生だと察した。

「せっこうならこの道で合ってますよ」

突然話しかけられて葵はだいぶ驚いた。そして、自分とは対照的にさらさらロングヘアに膝下までのスカートの美女を上から下まで眺め回した。

「せっこう？」

「関原高校のこと、せっこうって呼ぶんだよ、みんな。知らなかった？」

「はい」

その場で直立不動になった葵を追い抜いて鈴香はスタスタと坂道を歩いていく。そして穏やかな微笑みと共に振り返り尋ねる。

「新入生？」

「は、はい！」

　少し人見知りするが世話焼きな鈴香。社交的だが少しおっちょこちょいな葵。偶然の出会いでなんとなく一緒に学校に向かうことになっただけなのに、すぐに連絡先を交換した。

　それから一年が経った。葵は変わらずに鈴香を慕い、鈴香は変わらずに葵を愛でているが、二人の関係性は大きく変化した。

「風邪、もう大丈夫なんですか？」

「うん、ごめんね。心配かけちゃって」

「…ただの風邪、ですよね？」

　葵が含みを持たせた。鈴香は怪訝な顔をする。

「そうだよ？　なんで？」

「いや、なんとなく」

　まだ、精神的なものではないかと疑っていた。弓道がメンタルの影響を強く受けるように、人の心もまた不安定で、不鮮明なものだ。

「部活のほうはどう？　楽しくやってる？」

「あ、はい！　なんか女の子ばっかりいっぱい来るんですけど、楽しいです！」

四月も下旬に差し掛かっている。男子はまだ一人しか本入部はしていない。まずい状況だ。女子はそんなにやる気があるのか甚だ疑問だが、人数ばかり多く十人以上入部している。

「男の子は一人かぁ。その子がちゃんとした子だといいけどねぇ」

「んー、ちょっと問題児かも」

「あら、そうなの？」

「そうなんです」

問題の元凶はあなたですよ、と言いたい気持ちは抑える。中野秋哉、これからいろいろありそうだ。

「もう、弓道部には戻らないんですか？」

聞いてしまった。鈴香なりにたくさん悩んで、たくさん迷ったことは理解できている。でも、共感はできない。「死んでいたかもしれない」ということが鈴香の心にどれほどの爪痕を残したか、葵には想像することしかできない。

「明良先輩とは、どうなんですか？」

返答に困っている鈴香に更に質問を重ねてしまう。葵は「すいません」と言おうとしたが、上手く声に出せなかった。

「どうって言われても、明良君とはこれからもいいお友達だよ」

鈴香は、葵より少しは大人であるふりをした。事実、鈴香は実年齢より上に見られることが多いが、自分ではまだまだ子供だと自覚している。謙遜ではない。

母親がちょうどいいタイミングでお茶を持ってきた。ちょっと空気が悪くなっていたと感じ取った鈴香は最近見たアニメの話などで場を和ませた。葵も自分の無神経な言動を反省した。

せっかくだから夕飯も一緒にどうかと誘われたが、葵は丁重にお断りした。それじゃあまた学校で、と告げて帰ろうとする葵に鈴香は駅まで送っていくと申し出た。

「そんな、いいですよ。病み上がりなのに」

「大丈夫、ちょっと外の空気が吸いたいと思ってたの」

そう言って鈴香は笑う。変わらない優しさを葵は嬉しく思う。

鈴香は薄いカーディガンを羽織って葵と一緒に家を出た。寒くもなく暑くもないちょうどいい気候だった。

「そう言えば、もうじき十星戦の時期じゃない？」

「そうです。そうなんです。私、今年初めての出場ですからね。頑張ります」

「うん、頑張ってね」

ゴールデンウィーク初日に開催される小さな試合だ。正直、応援に来て下さいと言いたいところだったが我慢した。

そして、それは突然に起こった。二人が、少年たちが野球をしている広場の前を通っている時—

「あ、危なーい！」

葵はすぐには気づかなかった。自分たちの方に飛んでくるボールに先に反応したのは鈴香だった。

「きゃあー！」

奇声を上げて隣を歩く葵にすがりついた。不意に激しいタックルを受けたかのようで、葵は転びそうになるくらいよろめいた。かなり不自然なリアクションを取った二人の女子高生に、帽子を外しながら近づいてきた少年は不思議そうな目をしながら謝る。

「ご、ごめんなさい。大丈夫?」

「あ、うん。大丈夫だよ。ね?　お鈴さ—」

「ん、んぅ、あ…」

我に返ったかのように、戸惑う後輩から離れた。葵は息を飲んだ。

たかがボールにしては過剰じゃない?

トラウマ?

5

五月一日、神奈川県立武道館。

柔道、剣道、空手道など数多の競技が行われるその場所を、今、明良と啓輔は目指している。普段は弓は学校に保管している弓道部員にとって弓を持って街中を歩くのは、少し快感だったりする。ギターやベースを持って歩くバンドマンも同じなのだろうか。注目を浴びるのが、なんだか特別な存在になったようで嬉しい。

「──なぁんて経験も、もう数えるくらいしかないかもな、明良ちゃん！」

「俺は目立ちたくないから、いい」

本日のイベント・十星戦。関原高校含む近隣の高校十校が参加する毎年恒例の練習試合だ。新入部員はもちろんまだ参加できないが、試合の雰囲気を肌で感じられるし、二、三年生は新年度が始まって最初の対外試合で、大きな意味を持つ。

「十星戦っていうネーミングがいい。スター性を感じる。十個の星が互いに競い合う。て言っても学校関係ない個人戦だけどな」

自他共に認める天文マニアの啓輔は「星」という言葉に並々ならぬこだわりを持っ

ている。大学でも天文学を学びたい、そして目指すからには最高峰の大学をと意気込むこの昔馴染みを明良は素直に尊敬している。

部活に全力で打ち込む者にとって、なんとなく勉強は青春ぽくないし、現実的過ぎて心の込もらない冷たいものに感じられるケースも多い。だが、自分の意志と信念をもって学問に励む者にとっては勉強だって十分情熱を注ぐに値するものだ。明良はそれを素直に素晴らしいこととして認めている。

星、スター。約半年前、全国の猛者たちとトップを競い合った時、自分は今よりも輝いていただろうか。

「星」という言葉は弓道用語にもある。的の一番中心の白丸のことだ。ここに見事的中させると端っこに当てた時よりもはるかに良い音がする。とは言え星に当てたからと言って二中ぶんになったりはしない。バスケで言えばダンクを決めるようなものだろうか。凄いことだし、気持ちも盛り上がる。

昨夜、明良はなかなか眠れなかった。全く気持ちが盛り上がらないのに、なんだか胸がザワザワしていた。今朝も心ここにあらずで——

「——ちゃん、明良ちゃん！」

——と呼び掛けられるのはこれで三度目だ。

「もう、俺らとしてはいつまでも明良ちゃんにばっか頼ってちゃいかんなぁって気負ってんだぜ。ぽけっとしないでくれよ」

「悪い。ごめん」

頭の中にあったのは弓道のことではなかった。久しぶりに鈴香から連絡があった。

―十星戦、みんなで頑張ってね。影ながら応援してます―

確認したところ、似たようなメッセージを啓輔にも送っていたらしい。葵あたりにも送ってそうだと明良は推測する。

影ながら、というのは会場まで見に行くという意味ではないだろう。おそらくは自宅で受験勉強の合間に時計を見やり「今頃みんな頑張ってるだろうなぁ」とでも想像するのだろう。

最寄り駅から十二、三分歩いただろうか。武道館の門を通り会場に入ると既に一年生たちが場所取りとして待機していた。

「お早うございます。先輩方」

なにもそんなに大勢で行く必要はない。女子が四、五人で十分だと提案したのに中野は「自分も行く」と言い出したので、結局女子も全員行くことになった。逆に清々しいほどに女好きでナルシスト。彼にとってはたとえブスでも、どれだけの女を落とせるかはほとんどゲームだった。

「影じゃあゴリラだのブタだの罵ってんのに俺には理解できません」

「俺もだよ、泰司氏」

啓輔は篠田泰司を「泰司氏」と呼ぶ。二人の関係性がよく現れている。

「中野、俺らの立ち順は？」

「せっこうは三番目です。良い具合じゃないですか？　泰司先輩」

「まあまあだな」

順位は別々につけられるが、立ちは学校毎に男、女の順番でまとめて行われる。一立ち四射を三立ち行い、合計の的中数でそれぞれ三位まで表彰される。二年三年の区別はない。

「男子は全部で七十三人か。二年諸君、十星戦は足切りなしだからな。諦めない姿勢が大事だぞ」

「はい！」

選手名簿を眺めながら啓輔が言う。この場合の「足切りなし」は「二立目までで○中以下はその時点で脱落」とかそういうルールはないという意味だ。

「みんなぁ、葵特製スペシャルベリーハッピークッキーだよぉ！　食べると勝利の女神こと私が微笑むよぉ！」

「女神って柄じゃねぇだろ、バカ女」

「ぎゃー、ひどい！　文句言うなら泰司君は食うな！」

「あ、俺はありがたくいただくよ、館野さん」

啓輔は手を伸ばし葵の、取り敢えず形は歪なクッキーを摘まむ。

「うん、美味しいよ！　俺、今日一日張り切っちゃうよ！」

「きゃー、啓輔先輩やっさしー！」

いつもと変わらない和やかな空気で一同はあと十分ほどで行われる開会式を待つ。

それぞれ着替えやストレッチは済ませてある。

「館野さん、俺にもいいかな？」

「あっ、はい！」

今まで黙っていた明良が落ち着いた声で言う。それに葵は明るく答えた。今日はみんなで楽しく引こう。そんな風にみんなが考えている。

「全国二位の満島明良が戦いの前に女の子と談笑か。このイベントもお遊戯だな」

「…犬神か」

その男の登場に和やかだった空気が張り詰める。百八十はあると思われるしなやかな長身。巻藁練習でもしてきたのか、矢を一本と、上級者用の竹弓を手にしている。

その顔つきはおよそ高校生とは思えないほどに大人びた美しさを湛えていた。

「誰？」

「覚えてないのかよ。去年の県大会の決勝」

葵と泰司がひそひそ話している。明良は気づかなかったが、その男は不快感を露にした。

犬神政直、明良のライバル。

「公式戦ならまだしもこんな的当てゲーム大会出たくもないんだけどな。まぁ、部活動の一環だから仕方ない」

「…何しに来た？」

「敵状視察。俺は今から全国で弓を引くことしか考えてない」

全国的にも有名な弓道家、犬神謙信の長男として生まれ、小学生の頃から弓を引いている。些細なことだが、矢というものは「射る」もので弓は「引く」もの。「うつ」と言ったら弓を作る作業になってしまう。射手の中でも特にこだわりなく「射つ」と表現する者はいるが、明良や犬神は律儀に「引く」と言う。弓道に真剣に取り組む射手ほど、その傾向が強い。

「今日の目標は？　全国二位の満島先生」

「自分の射をするだけ。お前こそ当て弓に興味はないんじゃなかったか？」

的中率や順位、数字に表れる結果だけに捉われる学生弓道を犬神は善しとしなかった。嫌いであるが故に好んで使う蔑称が「当て弓」。

「はっきりした肩書きを自分の力で手にしてみたいと思うようになったんだよ。父さんに認めてもらうためにね」

「それが全部か？　コーコーセーは眼中になしか？　酔ってんじゃねぇよ」

目に見えて不機嫌そのものの明良は一人で先に開会式が行われる弓道場へ向かった。追いかけようとする泰司を、腕を掴んで制すると啓輔は犬神の前に立った。

「犬神サン、明良ちゃんは訳あって調子を崩してる。ただでさえ気持ちが不安定なのに逆撫でしないでほしい。それから僕らは純粋に競技として楽しみながら真剣に弓を引いてる。野球部でもサッカー部でも弓道部でもたくさん練習して上手くなって試合に勝ちたいと思うのは同じです。お父さんに何を刷り込まれてるか知らないけど馬鹿にしないでほしい」

「うん、どうでもいいけどさ、君、誰？　満島君のトモダチ？」

「…っ！」

自分から来訪したくせに、ハエでも払うように啓輔をあしらうと、犬神はさっさと立ち去った。呆気に取られるせっこう弓道部。最初に口を開いたのは葵だった。

「な、なんなの。あの人、ちょっとおかしいんじゃない？」

「犬神政直サン。親父さんの犬神謙信を狂信に近いくらい崇拝してる人だよ。子供の頃から高名な弓道家たちに混ざって稽古してて風格で言ったらとても十七歳とは思えない」

「ふーん、でも性格悪そうだよ。泰司君も、なんか嫌ってそうだね」

「どうもナルシストくせぇ。射が素晴らしいのは認めるけどな」

不味いものでも食べたような顔をする泰司に、葵もむぅっと口を尖らす。

「でも、酔ってんじゃねぇよ、だって。明良先輩でもあんな口利くんだ」

「あの人は物腰がソフトだから誤解されやすいけど、意外と頑固だしプライドは高い。仲間と頑張ってきた弓道を否定されれば腹も立つさ」

泰司は「さて」と言って頬を軽く叩いた。他の部員も気を取り直して開会式へ向かう。

一校目から、犬神を擁する駕籠山高校の出番だ。

日程が着々と消化されていく。十校の注目は二人の男に集まっている。満島明良と犬神政直。

「何やってんだ、あいつ…」

関原高校の二立目。ここまで八射八中の犬神は高みの見物を決め込むつもりだったが、今、彼の胸中は穏やかではなかった。

満島明良八射零中。

「どう見ます？　満島君の射」

「あ、沢村先生」

各校、指導者も来ていたので、関原の顧問の沢村先生ももちろん来ている。ピシッとスーツ姿で決めていた。

「もたれていますね。それで全部が崩れてます」

「私もそう見ます。ここのところずっとそうなんですよ」

弓道で弓を左右に引き切って静止した状態を「会」という。この会の形を見れば射手の心がわかると言われるほど、射の全てが集約されるもので、一般的に七秒程度持つのが理想である。

しかし、この会を自分の意思と無関係に全く持つことができない、或いは極端に短いものを「早気」という。そして、その逆に最適なタイミングで離すことができず、必要以上に、酷い場合は十秒、十五秒以上も持ってしまうものを「もたれ」という。どちらも精神的な原因があるという者もいれば、技術的なところに起因すると主張する者もいる。

明良はもろにもたれている。正確な定義は知らないが「スランプ」というものははっきりとした原因はない場合がほとんどだと明良は思っている。だから、これはスランプではないと思っている。心当たりが、考えるまでもなく存在するからだ。

せっこう弓道部は敢えて指摘しない。小野鈴香との一件から、明良は自分でもコントロールできないまでに、離れを躊躇してしまっている。

全国二位のせっこうエースが二立ちやって的中零。この現実に他校の選手も驚きを隠せない。逆に二立ち終了時に犬神の下は五中で同中二位が七名。ほぼ優勝は確定と言っていい。

「あちゃー、何やってんすか。明良先輩は」

「ねー、顔はカッコいいと言えなくもないけどなんか頼りないよねぇ。的と矢がこーんなに離れてるよ」

中野と、明らかにチャラい一年女子が鼻で笑っている。「お前らに何がわかる」と、泰司は拳を握り締める。

その日、犬神は最後の一射を僅かに外したものの十一中で単独一位。せっこうの戦績は泰司が八中で同中三位というだけで、パッとしなかった。明良の胸には今何があるのか。それは誰にもわからず、自分からは一切口を開こうとしない態度に、それぞれは違う感情を抱きながら重苦しい帰路についた。

第二章

1

「あぁん、なんでゴールデンウィークだってのに私だけ補習ばっか受けなきゃなんないんですかぁ？」

「それは君が馬鹿だからだよ」

「ぎゃー、啓輔先輩、はっきり言わないで下さぁい！」

こどもの日、午前中で部活は終わり、希望者だけ残って練習しているわけだが、それも一時間ほどで疲れてきたのでみんなで駄弁りながら休憩している。男性陣は口数が少ないほうなので、紅一点の葵だけ妙にテンションが高く見える。実際にはみんな結構元気だ。数日前の、残念な結果に終わった十星戦のことは、それほど引きずっていない。

「満島君、それからみんな、しばらく来れなくてすまなかったね」

泰司が最寄りのコンビニで調達してきたドリンクをみんなで飲んでいたところに、職員室に用があったという先生が帰ってきてそう言った。

沢村史博先生、せっこう弓道部の監督だ。

全国的にも名の知られる弓道家で若い頃は数々の大会で入賞、好成績を残していた。現役を退いてからも東京都内の大きな道場で師範として後進の育成に尽力していたが、五年ほど前から少しずつ持病を悪化させたため、現在は母校である関原に週に二、三日だけ来校し、お目付け役を務めている。

「先生、身体のほうはもう大丈夫なんですか？　年明け早々に入院なんて言い出すから心配しましたよ」

「ちょっとした検査入院て聞いてたんだけどね。年には勝てないね。泰司君は良好みたいだね。十星戦も三位とは言え、射自体は犬神君に劣ってなかったよ」

「いらしてたんですか？　顔出して下さればよかったのに！」

泰司が驚いてみせると先生は「ごめんごめん」と笑う。病気の影響か少し痩せた印象はあるが、沢村先生はまだまだせっこうの監督を続行できる元気はあるのだろう。顔がくしゃくしゃになり目がなくなってしまうようなその笑顔を、みなは本当の孫のような気持ちで見つめる。

「そうそう、君たちには先に言っとこう。来月の十五日、夏の大会の選考会やるからね」

　和気藹々としていた空気が少し引き締まる。自分たちにとってそれは嬉しいことなのか、できることならば永遠に訪れないでいてほしかったことなのか。

「そっか。そうなんですよね。もうそんな時期なのか」

　泰司は右手で口を押さえながら言う。そして目線を仲間たちのほうへ巡らせ、一人のところで止めた。

「明良先輩、俺は最後まで一緒に戦いたいです」

　夏の全国大会。多くの最上級生にとってそれは最後の檜舞台だ。明良もまだ、割り切れてはいない。それでも曖昧に口角を上げることしかできなかった。泰司はどう受け止めればいいのかわからなかった。

　二人の男子を円らな瞳で見比べながら、葵は頬をかき、それでもつとめて明るい声で言った。

「わ、私は選手になれるでしょうか！」

「あぁ、そうか。二年生って言ったたって実力的に館野さんが出てもおかしくはないよね」

「そうです、啓輔先輩。でも、ちょっと図々しいかなって」

　前髪を触りながらシュンとする葵。一緒に弓道に全力で取り組む男子陣としては、馴れ合いだけの三年生女子よりも彼女のほうが断然選手に相応しいと思う。というかそれは女子たちも認めるだろうし、どのみち全員出場することはできないのだから選手の椅子一人分くらいは譲るだろう。

「葵君、選考は二立ち八射で行うよ。もちろん的中数だけで単純に決めたりはしない。学年毎の区切りで依怙贔屓するつもりはないけど、全く考慮しないわけでもない」

沢村先生の言葉に葵は素直に頷く。

高校の三年間の間に出場できる大会は人によって差があるが、いずれにしてもチャンスは有限だ。男子は八名の中から五名、補欠が一名。女子も同じく五名と一名だ。

様々な思いが交錯する中で、時間は遅いようで速いような不思議なスピードで流れる。そして、その日を迎えた。


六月十五日、いつもと違う空気が射場中に流れている。二年生男子の二人が弦をカツカツと二つの板で打っている。中仕掛け直しという、簡単に言えば弦のお手入れのような作業だ。

篠田、谷川、三上、松本、吉永。的中率の高い順に、これが現二年生のメンツで、今、隣り合ってカツカツカツカツカツやってるのは、松本と吉永だ。

る。

新年度を迎えて二ヶ月以上が経つわけだが、一際目立って頭角を現している者がいる。

「安心しろ、松ちゃん。俺もだ」

「俺は正直、今回は自信ねぇ」

中野秋哉だ。

「くそっ、なんであんな不真面目な奴の矢がバスバス的に当たるんだよ」

「しかしなぁ、松ちゃん。あいつ意外と射型は綺麗だぜ。何かやらかしてくれそうな雰囲気は最初からあったしな」

「やめてくれよ。あいつを選手にするってのか？　俺らの席が一つ埋まるってことだぜ」

「難しいとこだよなぁ。本調子じゃないにしても明良先輩には出てほしいし。啓輔先輩は良くも悪くも欲がない人だから俺らに譲りそうだし。実際、的中率も一番低いし。松ちゃんはどう思う？」

「うーん、俺らはみんな真剣に弓道やってっけど、やっぱり実力には差がつくもんな。泰司とタニーと三上は固いな。残り二人、くっそー、絶対に俺が掴んでやるぜっ て気になれないのが辛いよなぁ、ヨッシー！」

「全く同感だよ、松ちゃん！」

カッカッやる手を速める二人の後ろで泰司の怒りの声が聞こえてきた。

「だーから！　何回言えばわかるんだ！　会を持たせる気がないのか！」

「んー、弓道なんて当たりゃいいじゃないですか。無駄に七秒も待ってたら腕にも負担かかるだけで合理的じゃないっす」

「無駄かどうか素人のお前にわかるもんか！　お前のやってるのは弓道じゃない！」

「あれぇ、この前は弓道は一生モノの競技だから俺だってまだ素人だってかっこつけてましたよ。矛盾してませんか？」

「へ、屁理屈言うな！」

赤くなっている泰司の顔が、見なくても背中越しに想像できる。松本、吉永は「ダメだ、こりゃ」と肩を落とす。泰司はストイックな性格で勉強も本気でやってるので成績は悪くないが、地頭が悪いので口喧嘩になればやり込められる。

「しゅーごー！」

「おっす！」

部長の集合のかけ声に部員全員で呼応する。弓道部のいつもの風景だ。だが、隣には沢村先生がいて厳格な顔をしている。

「それでは大会予選まで一ヶ月を切りましたので、本日は沢村先生立ち会いのもと、選手選考会を行います！　では先生、挨拶をお願いします！」

「うむ」

エホンと軽く咳払いすると沢村先生は今日のルールを説明し始めた。予告通り、各々一立ち四射を二立ち行い、その内容を踏まえて部長の葵とも相談しながら選手及び補欠一名を選ぶ。的中数も大事だが射技も疎かにしてはいけない。ただし、と強調して二立ちで一中もできない者は何があっても選手にはしない、と告げた。それくらいの危機感がなければ、いざという時の勝負強さは生まれない。

先陣切るは一年生女子。それから一年生男子、二年生女子と言った具合だ。異変は三年生男子の時に起きた。

「明良先輩、残念か」

選考会中の習わしで看的は行われない。静かに、明良は一本も当たらない「残念」を記録した。そして、その後も実に淡々と立ちが消化されていく。

明良の二立ち目、既に六中の好成績で出番を終えている泰司などは両手を握り合わせ、祈るような気持ちで見守っている。

三射目までを外し、もう後がない明良の最後の一射はどこか不自然だった。

「タン」と弱い音を鳴らし、なんとか的中させたが、見つめる沢村先生の表情は険しい。

「緩んだな」

「かなりな」

　後輩たちが囁いている。「戻り離れ」或いは「緩み離れ」と言われる悪い射だ。手が離れ矢が放たれる時に緩む。もたれにかかっている射手によくある射病だ。

　選考会終了、沢村先生は弓道場を一人、離れた。あとには部員たちだけが複雑な表情で残される。

「どうなるかな」

「これぱっかりは先生にしかわからない」

　落ち着かない気持ちではあるが、部員たちはいつも通り練習して、先生が戻るのを待った。それから一時間経ったか経たないかくらいで、先生は戻ってきた。それから部長の葵と二人で十分ほど何か話し、部員たちを集合させると、少し今日の内容について話し、わりとあっさりと選手を発表した。

　大前・谷川、二的・森、中・三上、落前・松本、落ち・篠田、補欠・満島。

　一同嘆息。そして女子は三年生が四人、二的に葵が抜擢された。厳しい表情で更に沢村先生は苦渋の決断を告げる。

「満島君はこれからしばらく的前練習を禁じます。以上」

　一同解散。呆然と立ち尽くす明良だった。

2

一週間の休部。結局それが明良の選んだ道だった。

選考会の日の夜、明良は沢村先生とよく話し合った。中学の頃から、ノンストップで弓を引き続けてきた。少し離れてみるのもありかもしれない。先生は別にスポーツ医学の専門家ではない。そんな彼が出した結論が、実は今の明良に一番合っていたかもしれない。

「マジかよ」

「試合前のこの時期に？」

「補欠ってことは試合に出る可能性も十分あるわけでしょ」

そんな意見が部内で囁かれていることは承知している。たしかにリスクはでかいだろう。それでも明良は先生の意見のほうに従った。

弓道というのは「楽しい」ものではないと明良は思っている。他の多くの競技は、さほど向上心はなく遊び感覚でやっても楽しめるものが多い。だが弓道はただの遊戯としてやっても面白くもなんともない。

今の中途半端な状態でやっても楽しくないし、そんな気持ちで練習しても上達は望めないだろう。弓道に限らず、真面目な人ほど調子が悪い時でもムキになって「もっともっと」と練習してしまう。それによって更に射型を崩す悪循環を心配しているのは、先生だけでなく、ずっと明良の弓道を見てきた啓輔なども同じだった。

明良はいわゆる受験勉強はしていない。推薦を狙っていて、今の時期で進路はほぼ決まりかけている。だから部活がなければ他の大多数の三年生から見ればだいぶ気楽だ。

午後五時頃、部活に出ないで一人で歩いていると街の様子はいつもと違って見える。行き交う人々の顔一つひとつなど把握していないが、なんとなく普段と違う街を歩いているかのような感覚なのだ。だから当然、思いもかけなかった人と出くわすこともある。

「あれ？」

「あら？」

シャツのボタンを上まで閉めたいつものスタイル。さらさらのロングヘアー。細長い手足。背筋の伸びた凛とした佇まい。

何も変わっていないように見える鈴香。驚いて目を丸くしたが、すぐにいつもの屈託のない笑顔を浮かべた。

「久しぶり、明良君！　今日は早いんだね。部活はどうしたの？」

「あぁ、まぁ…」

「ちょっと風邪気味でさ」と下手な嘘をついた。鈴香も「そうなんだ」と言って深く追及しなかった。

半年近くの間、明良の中に鈴香を避ける気持ちはたしかにあった。鈴香のほうも同様だ。廊下で擦れ違えば軽く挨拶くらいはするが、自分から話しかけたりはしない。

「これから予備校なんだ。明良君、ちゃんと準備してる？」

「ほどほどにな」

それから俯いてしまう明良の目を、鈴香は首を傾げて覗き込んだ。

「何かあった？」

「いや、別に」

的前練習を禁じられて、部活サボってる、なんて言えない。お互いに相手の気持ちを考えすぎてしまう人間だから。明良にとっては休部ではなく、完全に「サボってる」という意識だから、尚更言えない。

鈴香は「ならいいけど」と言って、話題を変えようとした。明良はこれ以上一緒にいたくなかったが、仕方なく鈴香の通う予備校まで並んで歩くことにした。方向が同じだったから。

「ツルちゃんは元気？」

「あぁ、元気だよ」

野良猫のツルはすっかり弓道部のアイドルになっていた。主に女子部室にいるが、時々外でも遊ばせる。ただし射場のほうには絶対に行かせない。

「鈴香も部室くらい来てもいいんだぞ。仲間なんだから」

「んー、ちょっとね」

なるべくなら彼女の表情を曇らせたくはない。笑顔でいてほしいと思ってる。でも何も変わらずにはいられない。

明良の矢が鈴香の体を掠めて土に突き刺さった。その瞬間、全ての物体が、全ての時が、止まったかのようだった。

その日は部活終了、頽れる鈴香を葵が強く抱き締めたが、ただただ泣きじゃくるばかりだった。

高校一年の時に出会い、素直に「綺麗な子だな」と思った。性格や考え方も明良の好みだった。ずっと「いいな」と思っていた。できれば付き合いたいなと、思っていた。

その時、彼女に駆け寄ることもできなかった明良はただ放心状態で、逆に止まりそうなほどに高鳴る心臓の鼓動を感じるだけだった。

「私はさ、弓道そんなに上手くないし、たぶん試合じゃ勝てないから。私は私の意思で辞めたんだよ」

だから気にしないでいいんだよと、言いたい気持ちを、鈴香はあと一息のところで抑えた。気にしないでと言われて、本当にそうかわかったと気にしないでくれる人だったら、どんなに楽だっただろう。

鈴香は今でも何かを恐れている。たぶんそれは紛れもない「死」だ。人は誰でも「死」を恐れ眠れない夜をすごしたことが一度くらいはあるだろう。それが普通の人の何十倍、何百倍もの重さと濃度を持って心にのしかかる。飛来物を恐れるようになるほどに。そんなイメージだ。

—どうしてそんな風に笑えるの？　僕は君を殺していたかもしれないのに—

「明良君？」

気づいたら二人は立ち止まっていて、明良の両手が鈴香の小さな手を握っていた。少女のように真っ直ぐな目で見つめられると我に返ったが、その手が離れることはなかった。

「ごめん、ごめんな」

視界が霞む。涙は溢れていない。たぶんほんの僅かに涙ぐんでいるだけだ。それでも手は震えていた。

「やっぱり何かあったんでしょう？　あんまり無理しちゃダメだよ」

明良の中でいろんな想いが交錯する。

啓輔、泰司、館野さん、みんな…。

自分、犬神、沢村先生、鈴香…。

—ボクハナンナンダ？—

少し握る手に力を込めすぎた。鈴香が顔をしかめるので、まるで今気づいたように手を離した。

「ごめん」

気まずくなって明良は頭をガシガシとかいた。鈴香も頬をポリポリとかいた。

「じゃ、私は授業があるから、行くね」

「あ、うん。頑張って」

戸惑いの色を隠せない鈴香はふと思い出したように「あぁ、それから」と付け足した。

「中野秋哉君ていう子、ちょっとしつこくてなんだか怖いの」

3

夏の全国大会—正式名称には特にこだわりもない。それでも、これに出たいと思う高校弓道部員はゴロゴロいる。明良だってその一人だ。

だが今、明良はその予選に選手として出場できない。

「不甲斐なく感じる必要はないよ。誰だっていつも調子がいいわけじゃない。俺たちはきっと本戦に進むからさ」

啓輔はそう言って励ましてくれる。それでも明良の心は晴れない。

中野秋哉が鈴香に付きまとっているらしい。お喋りな女子が連絡先を教えたのだろうかと明良は考える。数日前に中野本人にも問い詰めてみた。

「やり過ぎないように気をつけてますからご心配なく」

中野はそう言っていつもの小憎たらしい笑みを見せた。強引な中野と繊細な鈴香とでは「やり過ぎ」の感覚が全然違うから心配せずにはいられない。

試合が始まり関原の出番を待つ間、明良は選手になれなかった吉永と一緒に記録係を担当している。各選手の的中数を記録する仕事で中野と三人で交代しながら行う。

「そうですか、中野の奴、そんなことを」

「鈴香はしっかりしてるから、大丈夫だと思いたいけどな」

「鈴香先輩みたいな真面目な人が、中野みたいな軽薄な男、相手にするはずがないと思いますよ」

軽薄—なのだろうか、あの男が。ちょっと好色過ぎるだけで、一本筋は通ってると感じさせる。絶対に好きにはなれないが…というのがここまで三ヶ月ほど一緒にすごして、誰もが抱いている印象だ。

　今日は五人一組で四射ずつ、計二十射中十中以上が二次予選に進み、もう二十射、合計四十射で順位を決める。上位二校が本大会に出場できる。

「的中五割がボーダーってことですよね。まあまあ難しいですね。でも例年通りなら二立ちで三十中以上はほしい。苦しいかな」

「不可能ではないだろうな。まぁ、あいつらみんなやれるだけのことはやったから。あとは天命を待つだけだよ」

「そうですね」

「やれるだけのこと」をやれていない自分をこそ不甲斐ないと感じている先輩の言葉だから、吉永の胸には痛い。

「そこのお二方、代わりますよ。そろそろ応援行って下さい」

　中野が気を利かせて記録係を一人でやってくれるらしい。こういうところがあるから単純に「嫌な奴」だと思えないのだ。

「あと三立ちか。いよいよだな」

「ここは中野に任せて応援に集中しましょう。中野、サンキュな。記録のやり方はさっき教えた通り、簡単だから」

「了解です」

片手で軽くオーケーマークを出す中野を残して二人は円陣を組んでいる選手たちの元へ戻った。一般的には手を重ねるところだが射手たちは弓の末弭と呼ばれる部分を寄せ合う。

「せっこう勝つぞ!」

「おう!」

リーダーとして啓輔が先頭に立ち、選手控え室に向かう。同じ立ち順の第二射場に立つ高校も既に到着していた。

啓輔は夏が終われば引退。大学に行ったら学業に専念したいから弓道を続けるつもりはない。もしかしたらこれが自分にとって最後の弓になるかもしれないということに、今になって気づく。

「楽しみましょう」

「ありがとう、泰司氏」

選手たちは射場に入った。明良たちはそれを見守る。勝利も敗北も、この目に焼きつけたかった。

自然と両手を握り締めてしまう。そんな明良の斜め後ろに袴姿の男が立っていた。犬神政直だった。

「なんで選手じゃないんだとか、聞きたい気持ちはあるけど、今は彼らの健闘を祈る」

「…ありがとう」

余計なことは考えたくなくて、シンプルな気持ちでいるように心がけていたから、思いがけずスッと言葉が出た。犬神も意外そうな顔をした。

「やけに素直だな」

「お前もな」

明良も犬神も、もともと口数の多いほうではない。ホイッスルもかけ声も弓道にはないので、静かに関原の戦いは始まった。「関原の戦い」なんて言うとどっかの天下分け目の合戦を連想してしまうと、明良はどうでもいいことを考えて少しにやける。

大前の谷川が外して幸先の悪いスタートだと思ったが続く啓輔が的中し、リズムを持ち直す。

淡々と射が続く。なんだか明良はぽやっとしていて、まるで夢を見ているようだった。現実感に欠ける。なぜあの場所に自分は立っていないのだろう。

啓輔と一緒に弓を引ける日は、もうないかもしれない。急に寂しくなってきた。悲しい気持ちが込み上げてきた。小学生までは北海道で暮らし、家庭の事情で移ってきた神奈川県の中学で知り合った仲間。

各自三射目までが終わり、現在合計八中。泰司だけが三本とも的中させている。あと五本のうちで二中。際どい。

谷川、外れ。まずい。

森、外れ。やばい。

三上、外れ。苦しい。

松本、的中。いいぞ。

明良たちが固唾を飲んで見守る中、泰司は最後の射に入った。これが当たれば二次予選進出。それだけじゃない。二立ちで七中以上は個人決勝に進むことができるのだ。

普段通りの、泰司らしい堂々とした射型で会に入る。表情はギリギリ窺えるかという距離だが実に凛々しい目をしていて、この射に懸ける意気込みが感じられる。
六、七秒。理想的な会から放たれた矢は見事に星近くに的中した。皆中だ。応援席から拍手が送られる。せっこう二次進出だ。
その時。本当にただ単純に嬉しいはずなのに、明良の目には涙が浮かんでいた。

4

ダンッ！

県立武道館、男子トイレ。壁を叩くような大きな音が鳴った。雑談しながら用を足していた男子二人が驚き振り返る。

「うおっ！　なんの音だ」

「あん中か？　なんか怖ぇから出ようぜ」

そそくさと出ていく二人。個室の中で明良は「しまった」と呟き、それからジンジンと痛む拳を押さえた。

今の明良を動転させているもの二つ。

一つ目はせっこうの三十分程あとに行われた駕籠山高校の立ち。落ちの犬神ともう一名が皆中でそれ以外も三中、合計で十七中は暫定トップはもちろん、このあとのチームでは上回ることはかなり難しい。他の射手たちに諦めの二文字を抱かせるに十分だった。

二つ目、せっこう弓道部の二立ち目。結論から言えば全国進出は絶望的な数字だった。唯一健闘した泰司は三中、二立ち合計七中で個人戦決勝進出を果たした。

後輩とライバルが実力を遺憾なく発揮し、最高の射を見せてくれた。嬉しい気持ちを遥かに凌駕する悔しさと、胸の奥で暴れ出している醜い感情の名は、嫉妬だ。

そして寂寞の思い。啓輔の事実上の引退が決まった。おそらくは公式戦としては最後になるだろう四射目は特に良い射でも悪い射でもなく「一応当たった」という程度だった。

「いたいた、明良ちゃん！　ダメだよ。まだ大会終わってないんだから単独行動は控えてさ。トイレ行くならそう一言言ってよ」

皮が破れて血が滲む右手をさりげなく隠して、廊下を探し回っていた啓輔を見るとその顔はすごくさっぱりとしていた。

「ほら、みんなのところに戻ろう」

自分自身にも思うところがあるだろうに、啓輔は明良を気遣う。単純に用を足していただけではないことくらいは察せる。気遣っているのは明良のことだけでなく、頼りになる後輩の泰司のこともだろう。これから彼は同じ七中以上の選手たちと決勝で競う。

一つ、また一つとプログラムは消化されていく。団体戦一位はほぼ駕籠山に確定と見ていい。犬神とはもう顔を合わせたくなかった。自分のこれからのことで頭がいっぱいだった。

実のところ、推薦でそこそこの大学に進学できることが決まっている。部活を続ける選択肢も大いにある。

だが、そこに価値と楽しみはあるのだろうかと考える。みんなに気を遣わせて、それでも自分は弓を諦められないのだろうか、と。

「明良先輩、馬鹿なこと考えてないでしょうね」

最後の思い出作りに試合を見守っている啓輔と、明良は同じような気持ちだった。

そんな明良に泰司は声をかける。

「馬鹿なこと？」

「部活、続けて下さいね。引退なんてさせませんよ」

泰司は当然のように言う。迷うこと自体、馬鹿なことだと。

「ここで辞めたら大学生になっても続けないと思いますよ。それで、きっといつまでも後悔することになる」

「…わかってる」

本当は、わかってなかった。それでも、今の自分にも決断を先送りにすることくらいはできた。

泰司はその日の個人決勝で、優勝とまではいかないが、そこそこの健闘ぶりを見せた。…見せてくれた。

5

「元気出していきまっしょい！」

「…いつもながらテンション高いな。葵サンよ」

海近くにある関原高校はいろんな方向から生徒たちが通っている。そのどの生徒たちでも集まりやすい駅の近くのレストランに弓道部の全部員が集合している。

「一番元気であるべきなのは君でしょうが！　泰司クンよ」

「でも主役ではない」

数日前、女子たちの大会も行われたが、彼女らは一次敗退、引退が、決まった。今日はそのお別れ会だ。

「本当に情けない、ごめんね、葵ちゃん。でもあんたは七中。やっぱり今日は二人の祝勝メインのほうがいいわ」

一立ち目で皆中した葵。チームとしては進めなかった二立ち目に個人で出場し、見事三中、合計七中で個人決勝に進出したのであった。

「でも一射目で外したのに残り三射全部当てたってのが葵らしいよ。俺もその場で見たかったたな」

「そうだよ、泰司君！　あたしたちはスゴいの！　先輩たちはそれほど落ち込んでないんだからもっと調子乗ろう！」

「…はっきり言うね、あんたは」

葵が気を遣わないように意識しているのはもちろん明良に対してだ。お互いに気を遣う不毛なループを止めようとしている。

「それにしてもさぁ、私たちこれから受験生だよ。絶対しんどいよ、嫌だなぁ」

「明良君はいいよねぇ、もう進路決まってるんでしょ？」

「百パーじゃないけどね。まぁ、決まったようなもんかな」

「…明良ちゃんは一年の頃から勉強も必死でやってたんだよ。お前らと違ってな」

啓輔が庇った。実際、満島明良は受験地獄から逃げたという印象を持っている者も少なくない。そういう人たちからは部活も中途半端だしはっきり言ってダサいよねぇと思われている部分もある。泰司などはそれに対して「お前らに明良先輩の何がわかる」と唇を噛んでいるのだが。

男子の引退試合の後で明良は沢村先生とよく話し合った。自分はここで終わりにしたくない、去年の冬に忘れ物をしてきた、優勝の二文字にもう一度挑戦したい、と。先生は明良の気持ちをくんで力強く頷いた。お互いに二年間で育て上げた信頼がある。

「大学生になっても、大人になっても後悔しないよう、今できることを目一杯やりなさい」

心身にこびりついた「もたれ」を克服すること、目標が一つに絞られた明良は少し心が晴れた気がした。

「啓輔、これからは場所が変わるけど、お互い頑張ろうぜ」

「あぁ、もちろん」

固く握手する二人を見て、葵や泰司たちは胸を撫で下ろした。そして数時間前、今日の部活終わりのことを思い出す。

「どういう風の吹き回しだよ、中野」

「俺もちょっと真剣にキュードーをやってみようかと思いまして、泰司先輩」

明良が一人ランニングから戻ってきたところで泰司と中野が向き合っていた。いつもは部活が終わればさっさと帰ってしまう中野が居残り練習に参加しようとしているらしい。

「あっ、ちょうどよかった。明良先輩も俺に本物の弓道を教えて下さい。あくまでも真剣に」

「別にいいけどさ。なんかあったか？」

明良が率直な疑問を投げかけると中野は弓を握る手に力を込めて、いつもと違うなんだか「いい顔」になった。まるでお父さんに玩具のピストルをもらった子供のように。

「この前の試合見て思ったんすよね。俺ってギターとか勝ち負けも数値もないもんばっかやってたなって。でもはっきりした結果出してスゲーなって思ってもらえないもんかなって思って、鈴香さんに」

　途中まで真面目に聞いていた明良だが、肩がズルッと下がる。またそこか、と。

「君も案外しつこいやつだな」

「俺、本気ですよ。はっきり言って明良先輩よりもずっと」

　隣にいた泰司が顔をしかめた。だが、明良のほうが更に怖い顔になっていたので自分は口を出すべきではないと判断した。

「はっきり言って下さい。先輩は鈴香さんのこと好きなんですか？」

「好きだ」

　徐々に注目が集まり出していた二人の問答だったが、そこで確実に周囲の人間全員がハッとした。即答するとは思っていなかった。

「ありがとうございます。じゃあ、俺たち、ライバルっすね」

　明良の目標は一つじゃなくて二つなのだろうか。全国優勝と、鈴香との恋。

「明良先輩のことだからさ。嫌いなわけはないだろって程度の好きのつもりで言ったのかもよ」

「泰司君もそう思う？　私もその可能性はあると思うけどさ。でも単純に考えてあんな美人のお鈴さんとあんな仲良く一緒にすごして好きにならない人いる？　健全な男子高校生としてどうなの？」

ひそひそと話す二人に啓輔は気づいているが、明良はちょうどサラダをお代わりに行ってて不在。

「てかさ、女の勘だけどお鈴さんは絶対、明良先輩のこと友達以上に見てたよ。可愛い妹分の私としては絶対幸せになってほしいの」

「お前が可愛い妹かは知らねぇけど俺だって頼りになる弟分としては上手くいってほしいよ。明良先輩だって絶対、鈴香先輩にホの字だったぜ」

「ホの字って八十年代かよ」

「うるせ」

戯れる二人を見て、啓輔は一つため息をついた。自分はこれから勉強一筋になる。結局、恋なんてできなかった。

「星座の神話に出てくる神様だって、エゴと嫉妬の塊みたいなのばっかだもんなぁ」

第三章

1

「合宿っすか？」

「そうそう！　これぞ青春って感じだよね！　秋哉君も楽しみにしててよね！」

学校は夏休みに入った。そうするとすぐに弓道部は合宿に入る。山梨県の山奥にある弓道場付き旅館での三泊四日の夏合宿だ。

普段は無駄に人数が多いせいで十分な練習量が確保できないせっこう弓道部だが、この四日間だけはみっちり朝から晩まで弓が引ける。自然と気合いもみなぎる。これはバスに揺られながら辿り着いた一日目の話。

午前十時、合宿所に着いて着替えをすませるとすぐに練習に入った。

「ふわぁ、広いなぁ。ヨッシー！」

「伸び伸び引けるな。松ちゃん！」

　メンタルが非常に重要な弓道という競技。気持ちよく引けば自然と的中率も上がる。その上この四日間は沢村先生にみっちり指導してもらえる。普段はせいぜい週に二回程度だから、この違いは大きい。

「離れの時に弓手が下がるな」

「射型自体は悪くないな」

「よし、今のはいいぞ！」

　互いに教え合いながら練習は続く。四日間、当たり外れは全てカウントされ、合計的中率で一位になった人には毎年商品が出る。図書券五百円分。

「少しはマシになってきたのかな」

「なんだかんだで顔つきもマジになってきたしな」

　そう言われてるのが中野秋哉。篠田泰司に散々言われて根負けしたのか、会を伸ばす努力も見せるようになってきた。

「なんだかんだで髪も黒くしてきたしなぁ。ヨッシー」

「いや、それは合宿の間だけだと思うぞ。松ちゃん」

「んー、あれ？　そう言えば明良先輩は？」

「あぁ、ちょっと弦が切れたからって部屋に替え弦取りに行ったぜ」

　推薦でほぼ受験は終えている明良は秋に向けて合宿にも参加。単に参加しているというだけでなく、部内で誰よりも燃えていると言っても過言ではないかもしれない。

「この近くの子供かな。やたらうるさいのが二、三人遊んでた」

部屋から戻ってきた明良がそう言った。あぁそれでしたら、と泰司が答える。

「近所で学童保育だかなんだかがキャンプやってるらしいっすよ。気が散っちゃいますよね」

「そうなのか。まぁ俺は子供好きだから別にいいけどな」

十二時までで午前の練習は終わった。昼食休憩をすませて道場に戻ろうとする時に異変は起きた。最初に気づいたのは葵だった。

「やだ、何あれ」

「え、犬？　何やってんの」

子犬が吠えている。いや、吠えるなんて力強いものではない。キャンキャンと鳴き喚いている。よく見るとその首は紐で括られて木の幹に繋がれている。その近くでケラケラと笑っているのはさっき明良が見た子供たちだった。

「石、投げてんの？」

「え、ぶつけてるよね？」

「やばいよ。虐待だよ。あれ、確実に」

女子たちは口を手で覆い、眉をひそめている。目を怒らせて止めさせようとする泰司より早く、明良が動いた。泰司は「え」と声に出した。そして、信じられないものを見た。

ゴツン！

一足飛びで彼らに近づいた明良はまず一人の頭を拳骨で殴る。もう一人を右足で蹴り倒すと、逃げようとする最後の一人は襟首を掴んで捕まえた。女子たちは思わず眼を背けてしまう。

「この、クソガキ！」

渾身の一撃。その一言で子供たちは黙った。それ以上に、部員たちは思考が停止するほど驚いた。

「犬だって、同じ命だぞ！　お前らが石をぶつけられたらどう思う！　お前らは遊びのつもりでもな、デカイ石なら、当たりどころが悪けりゃ命に関わる！　お前らは犯罪者なんだよ、クソガキ！」

「わ、悪かったな！　クソジジイ！」

鼻息も荒くなる明良に更に暴言を吐いて子供たちは逃げ去る。明良は手近にあった石を掴んで奴らに投げようとするが、ギリギリのところで堪える。周りの部員たちは悲痛に顔を歪めた。そして、前エースの唐突な怒りに動揺する。

「この、クソガキ！」

最後に叫ぶと、慣れない大声を出したせいで噎せる。

あとには沈黙だけが残った。

世の中には、怒り方さえもかっこつける男はたくさんいる。明良は不格好な説教をしたことにじわじわと恥ずかしさを感じた。ただそれよりも…。

クソジジイ—届かなかった願いを悔やんでいた。

命というものが、どれほど重く尊いものか、彼らの心に届かなかった。

泰司が近づいていって、不甲斐なさを隠すように咳き込むふりをする明良の背中を擦る。

「行きましょう、先輩」

優しい後輩の言葉に、明良は何も返せなかった。

「かっこよかったですよ、先輩」

泰司は明良の肩を叩く。沸き起こる感情を誤魔化すように。

なんとなくスッキリしない気持ちで午後の練習が行われた。明良のことをよく知っている二年生はともかく、まだ付き合いの浅い一年生はただでさえ明良のことをよく思っていない。いや、よく思っていないとは言い過ぎだが、もう同学年の部員は全員引退している状況で、大して上手くもないのに—と彼らには見えている—やたら張り切って弓を引いているのをどこか奇異なものを見るような目で見ている。

そこにきて唐突な激昂。面白くないのは中野だった。

「命がどうのこうのってよく言うけどさ。俺たち毎日肉だの魚だの食ってんだぜ。つーか泰司先輩なんて、さっさと食って練習行こうぜって。さっさと食って、だぜ?」

「それを言っちゃおしまいだよ、秋哉君」

自分で陰では「ブスブス」言ってる女の子たちとも中野はあっけらかんと喋る。お互い腹の底まで探ろうとはしない。

「あぁ、めんどくせぇ」

そう言って中野は明良に近づく。何をするつもりだろうかと、みんなの注目が集まった。

「さっきのガキたちに言ったこと、あれ、明良先輩、自分自身に言ってたんすよね?」

一瞬で空気が凍りついた。

「練習中だ。中野、余計なことは言うな」

「泰司先輩は黙ってて下さいよ。前々から感じてたんすよ。明良先輩って自分の本音さらけ出そうとはしないっすよね。一歩距離置いてるっつうかね」

「だから練習中だ。二度言わせるな」

「こっちの台詞です。明良先輩に言ってるんですよ」

泰司は沢村先生のほうを見やった。この馬鹿野郎をなんとかして下さい、と。だが先生は目配せするだけだった。黙って見てなさい、と。

「どんな気持ちですか？　殺人未遂って。あなたもあのガキたちと同じ、もうすぐで犯罪者になるところだった。でもそんなことでいつまでもウジウジしてんなよなって、陰ではみんな言ってるんすよ」

「―ちょっとみんなって何よ。秋哉君、あたしたちは別に…」

一斉に抗議し出す一年女子たち。中野の顔からいつもの薄笑みが消えた。言い過ぎだ。泰司が踏み出そうとするが、沢村先生はそれでも首を振る。耐えろ、満島君を信じなさい、と。

明良は右の拳を中野の左胸に当てる。そして重い口を開いた。

「…お前に、何がわかる…」

「わからないからはっきり教えてくれって言ってるんです」

中野は、引く気がないらしい。泰司は流石にここまでだと判断した。

「…今は喧嘩はやめましょう。中野も、お前一体何がしてぇんだ？」

「別に、ただムカつくから」

最悪の空気になった。啓輔を筆頭に、全面的に明良の味方でいてくれる人は、もう少ない。

成り行きを見守っていた沢村先生は消沈する明良の肩を抱いて、その場を退場した。残された射手たちを代表して葵が「さぁ練習しよう！　みんな気を取り直して！」と、空元気を出すが、虚しく響くだけだった。

「すいません、先生」

「君は悪くない。でもあまり、善くもないいな」

宿の受付の手前にある休憩スペースで二人はソファーに腰掛けている。時刻は五時を回っている。

先生だって神様じゃない。どうしたらいいかわからず苦悩するエースに対して、これまたどうしたらいいかわからずに、結局二人して途方にくれている、そんな時だった。

「ごめんくださーい」

子供の声。なぜだかわからない。それでも明良の心臓にまるで雷が落ちたかのような閃きが走った。玄関に駆けつけると、真剣な顔つきの二十代後半と思われる男性と泣きじゃくる子供が三人。さっきのクソガキだ。

「申し訳ございませんでした！」

男性が九十度に腰を曲げる。続いて子供たちもわっと泣き出した。

「ごめんなさーい！」

「ごめんなさーい！」

「本当にごめんなさーい！」

わーわーと泣き続ける三人。明良も先生も呆気に取られる。

「こいつらが馬鹿なことやってたところを厳しく叱って下さったそうで！　本当に言葉がありません！　こいつらも反省していますので！　本当にありがとうございました！」

「本当にごめんなさーい！」

「もう二度としませーん！」

「犬さんもごめんなさーい！」

静かな山の奥の宿。三人の泣き声がいつまでも響き続ける。

「あ、いや、俺は…」

言葉がないのは明良のほうだった。涙も出ない。ただ沢村先生が頭に触れる。明良は思わず頭を下げた。

たぶん子供たちの先生と思われる男性はもう一度謝罪して、四人はその場を辞去した。

「練習に、戻るかい？」

「…はい」

道場に戻ると、みんな何事もなかったように、何も気にしていないよとでも言うように、明良を出迎えた。

「先輩すいません。さっきは言い過ぎました」

「ん、うん」

その後、明良は絶好調だった。

2

初日に嫌なことがあって、でもなんとか振り切って、合宿は続いていく。

「あぁ、こっちは楽しくやってるよ。勉強も大変だろうけどさ、君のことだから睡眠時間も削ってんじゃない？　うん、明日は最終日だからせっこう杯だよ。うん、大丈夫。あっ、ごめん、人来たから切るね。お休み」

明良は電話を切った。どこかでドアが開く音がしたからだ。廊下の角から顔を出したのは中野だった。

「誰と話してたんすか？　遠慮しないで電話続けてくれてよかったのに」

「聞いてたのか？　鈴香とだよ」

「そうだと思った。なんだ、鈴香先輩と上手く話せるんじゃないですか」

「電話だと不思議とね。面と向かうとどうもダメなんだ」

「なるほど」

中野は明良の隣に腰掛けた。一応は大事な後輩。入部当初に比べれば泰司たちとの折り合いも良くなっている。

「素敵な人ですよね。鈴香先輩って」

「うん」

静まりかえる夜の旅館。なんだか気持ちまで穏やかで素直になってしまう。

「俺は天邪鬼だしエゴイストっすからね。惚れたのは見た目からだし、ちょいっと強引に攻めてゲットしちまおうって考えてたんすけど。でもそんなんじゃあの人に相応しくない。あんなに優しくて純粋な人、初めて見た」

「俺もそう思う」

見上げた窓の向こうで月が輝いている。そう言えば去年も一昨年もここで啓輔や鈴香と同じ夜空を見たなぁと思う。

「あの子には幸せでいてほしいと思う。ずっと笑顔でいてほしい。でもこの半年以上の間、離れた時間を過ごしてみて気づいた。その隣にいるのは俺じゃなくてもいいいって」

「は？」

「なんだったら君でもいい」

俺は何を言ってるんだ、という気持ちがある。今、隣にいる後輩の顔を見る勇気もない。先輩として情けなくて。

「そんなの…」

「ん？」

中野の低い声に何かを感じたが、すぐに目を反らしてしまったので、その心中は察せなかった。少し沈黙があったので急に話題を変えたのは中野のほうだった。

「明日はせっこう杯っすよね。具体的に何やるんすか？」

「あぁ、ちょっとした実戦練習だよ。二立ちやって合計的中数で競う」

「そうすか、じゃあ…」

中野は何かを考えるように言葉を切った。明良は続きを促す。

「じゃあ？」

「賭けしませんか？　俺が勝ったら、もう鈴香先輩のことはすっぱり諦めて下さい」

「…俺が勝ったら？」

「弓道部を辞めます」

射るような目で見つめながら、中野は言い放つ。「なんで？」とは聞けなかった。ただ「そんな賭けには乗れない」とだけ言って、お互いに黙り込んだ。それからしばらく、それぞれ物思いに耽っていたが、やがてどちらからともなくその場を立ち去った。

最終日のメニューは午前中だけで終了。そして、部員たちは神奈川への帰路についた。

「今日の満島先輩、ちょっとかっこよかったよね！」

「あたしも思った！　前から見た目はかっこいいと思ってたけどね！」

「出たよ、ミーハー女のくせに！」

帰りのバス内、前方では一年生女子たちのガールトークが繰り広げられているのも知らず、明良は泰司が合宿の内容を熱心に振り返るのを聞いている。

「弓道は気紛れな競技ですからね。今日のせっこう杯の二連続皆中も射自体は決して良くなかったですよ。俺はそう感じました」

「なんか会に入ると視界が変な感じになるんだよ。眼医者行こうかな」

明良がめんどくさそうに言うので、泰司も「どっちかと言うと精神科だと思います」なんて余計なことは言わなかった。

「それより昨日、中野の奴となんか話してましたよね。ちょっとトイレの帰りに見かけたんすよ」

「んー、別に」

はぐらかす先輩に泰司はそれ以上は追及しない。前のほうではその中野が何事もなかったように部長の葵と笑い合っている。

「四日間の的中数、一年で一位とかスゴくないっすか！　でも商品が図書券って、なんとかならなかったんすか？」

「えー、じゃあ何が欲しいの？」

無邪気な顔で特に他意もなく葵は訊ねる。しかし、中野は困ってしまう。

「んー、別に欲しいものなんてないな」

それぞれの揺れる心をそのまま写し出すように、長野県奥の山道はバスを揺らす。明良は酔い止めを飲んでおけばよかったと後悔した。

3

「ほー、せっこう杯で二連皆か。調子戻ってるんじゃない？　明良ちゃん」

「まだもたれるんだけどな。でも中野の奴がバカスカ当ててるの見るといかんいかんって思うんだよね」

夏休み、今日は模試の日だ。啓輔は部活引退後は死ぬほど勉強しているが、明良には正直言って他人事。弓道場での自主連の合間に様子見に来ているだけだ。

「でも大丈夫かよ、明良ちゃん。妙な噂が流れてるだろ」

合宿の後から鈴香が周囲の注目を浴びている。悪い意味で。

「自殺願望があるとか、明良ちゃんのこと人殺しとか、めちゃくちゃ言ってるよな」

正確に言うと先に注視を受けるようになったのは明良のほう。合宿で悪目立ちしたのをきっかけに一年生女子たちから噂が広まったようだ。

「気にしないよ。鈴香だって気にしてないだろ」

バン！

前後の席で話していた明良と啓輔の間に割って入るのは机を両手で叩く音。

「痛っー」

「た、館野さん？」

館野葵が机を強く叩き過ぎて苦痛に顔を歪める。かなり恥ずかしそうに俯いてしまったが三秒後にはガバッと二人の方を向いた。

「甘いです！　考えが甘いですよ！　お二人さん！」

葵は隣の机から椅子を引いて座る。ミニスカートから覗くスラッとした脚が童顔に似合わず色っぽくて、女には弱い二人はちょっとモジモジしてしまう。

「お鈴さんは繊細な子ですよ。今でこそそこそこ明るく振る舞ってますけど中学の頃はいじめられっ子で。守ってあげないと可哀想です」

シュンとした顔で葵は言う。テンションが上がったり下がったりするこの子もだいぶ繊細だと思える。

「館野さん、人の心配するのも大事だけどさ。ここまではどうなの？　模試」

「聞いて下さい、啓輔先輩！　私、国語は良いセン行ってますよ！」

「数学は？」

「聞かないで下さぁい」

「要するにいつも通り。進歩はないわけね」

「えーん、啓輔先輩の意地悪ぅ」

国立志望なのにぃ、と嘆く葵だった。明良は「じゃあ、俺はこの辺で」と言って席を立った。周りで見ていた友人の一人が寄ってきて「あの子、誰？　可愛くね？」などと言ってくるが特に気にしない。

「館野さんさー」

「センパーイ、葵って呼んでくれていいですよって、いつも言ってるじゃないですか！　私たち仲良しですよねぇ」

「え、いや、恥ずかしい」

後半は消え入るような声になってしまう。覗き込むような目で見つめる葵に、更に照れてしまう。

「それはいいとしてさ、明良ちゃんから聞いたけどさ。今度の夏祭りの話」

「あぁ、啓輔センパイも来てくれるんですか？　お鈴さんも来るから皆で楽しみましょうよ」

　八月の下旬に毎年行われる江ノ島の夏祭り。勉強漬けの啓輔も気分転換に行きたいと考えていた。

「え？　鈴香も来るの？　あの人、人混み苦手だから毎年パスしてるけど」

「何言ってるんですかぁ。お鈴さんも今年は行く一択に決まってますよ！　今年はなんと言ってもスペシャルゲストがいますからね！」

「スペシャルゲスト？」

　啓輔が首を傾げたところで予鈴が鳴った。葵は「いっけね！」と言って席を立つ。

「なんだかんだ言って弓道部も明るさを取り戻したって感じなのかな？」

「当ったり前ですよ！　いつまでもクヨクヨしてちゃお鈴さんも気を遣っちゃいますからね！」

　眩しい笑顔で葵は元気いっぱいに去っていく。それを見ていると啓輔は逆に胸が締め付けられる。

　気を遣わせないために気を遣う。そんな奴ばっかりだ。

　それから午後の科目も啓輔は順調にこなした。明るさを取り戻し始めている自分たちでも、夏祭りのようなイベントは特別な日である。

今年は永倉マミが出演する。そんな話を聞いたのはその日の夜、明良からのLINEでだった。「誰それ?」と啓輔は問い返す。

永倉マミ──今、女子中高生の間で密かなブームになっているアイドル声優だ。

4

「マミーちゃぁん! キャー!」

色とりどりの装飾、行き交う人々の賑わい、終わりに向かう夏を最後まで楽しもうとする青少年たちの笑顔がめくるめく。その中心でまだ高校を卒業したばかりの「ヒロイン」が誰にも負けない光を放っている。

「小野先輩、元気そうですね」

「そうだね、もう心配ないかもね」

手を振り、歓声を上げながら、ノリの良い音楽に合わせて体を揺らす男女たち。そこから少し離れた金魚すくい屋で泰司と啓輔が、目を合わさずに言葉を交わす。

鈴香は大好きな永倉マミ、通称マミーを目を輝かせて見つめている。むしろ隣にいる葵のほうが元気がないように見える。

「夏祭り、最初に言い出したのは中野らしいんだ。鈴香と二人で行きたいって思ってたらしいけど、断られてじゃあせめてみんなで行こうって。まぁ、取り敢えず満足なんじゃないか」

「中野の奴、いい加減諦めろよな。意外と本気、というか真剣なのかもしれませんね。あ、破けた」

「明良ちゃんが何も言わずに見守ってるとこ見ると、そうなのかもな。…俺も破けた」

生き物が好きな啓輔は二匹の金魚をゲットして嬉しそうだ。泰司はボウズで「どんだけ不器用なんだよ」と笑われる。

「なんか楽しいっすね。ムキになって弓引くのが馬鹿馬鹿しくなる」

「それとこれとじゃ話が別だろ」

切ないような、空しいような。そんな気分なのは二人だけではなかった。その日の部活終わりのこと―。

「よし、その感じで」

「腕がプルプルしますよぉ」

「ちょっと弓が重いのかもな」

夏も後半だがまだ猛暑は続く。それでも弓道部は今日も練習に精を出す。今は泰司が中野に指導中だ。少しずつ会を伸ばせるように訓練している。

「あっ、しまった。替え弦部室に置きっぱだった。ちょっと取りに行ってきます」

「行ってらっしゃい」

葵が沢村先生にも一言断って部室に向かった。学校の敷地内のほんの隅っこにある弓道場と、メインの校庭の端にある部室棟は、歩いて行くと結構遠い。葵は気持ち早足になった。

途中で葵は何気なく空を見上げた。雲一つない青空が広がっている。今夜の夏祭りでは花火も上がるそうだから晴天でよかった。

「なんだろ、この感じ」

一人言を呟く。鈴香が退部してから葵は以前より部活を楽しめなくなっていた。それでも三年生も引退し、上級生としての自覚も出てきた。鈴香のいない部にも慣れ、持ち前の明るさを取り戻しつつある自分にも気づいている。でも—

男女別の部室の女子部屋の前で「おや？」と思う。鍵が空いているのだ。誰かいるのだろうか。

「あぁ、びっくりした。お鈴さんじゃないですか」

部室にいたのは鈴香だった。お腹を出して甘えるツルを優しい顔で撫でていた。

「お邪魔してます。もう練習終わったの？」

「いえ、ちょっと替え弦を取りに来ただけですよ。お鈴さんこそどうしたんですか？」

「図書室で勉強してたんだけどね。なんとなく来ちゃった」

てへぺろ、みたいな感じで舌を出す。

「ツルちゃん、もっとお澄ましさんだと思ってた。意外と甘えん坊さんなのね」

嬉しそうに笑う鈴香を見ていてなんだか葵もほっこりした。隣に座って一緒にお腹を撫でる。

「これでも、最初はなかなかなつかなかったんですよ。みんなでどうしたら仲良くなれるかって考えて、頑張りました」

先輩はこの猫を守ろうとして馬鹿なことをした。その事実を思うと、胸が詰まる。

ツルは利口な猫だった。トイレもすぐ覚えたし、部員の顔も覚えた証拠に他の部の生徒が部室に来ると明らかに警戒する。

猫の寿命ってどれくらいかわからないけれど、これからもせっこう弓道部の守り神として末長く可愛がられてほしい。そう思う一方で鈴香が気に病むようだったら、また野良に戻したほうがいいだろうかとも思っている。ここにいる限り、鈴香はあのことを忘れられない。

「ツルちゃんにも会えたし、私は戻ろうかな。練習頑張ってね」

「は、はい」

葵が散らかった部屋から自分の替え弦を見つけると、二人一緒に部室から出た。葵は握り締めた手が汗ばんでいるのを感じた。

「じゃあ、またあとでね」と言って鈴香は校舎のほうへ向かって歩き出した。一歩ずつ遠ざかる背中に向かって、葵は意を決して声を張り上げた。

「お鈴さんは悪くないです！」

鈴香が立ち止まった。数秒間、二人とも硬直する。振り返って、微笑んでほしかった。太陽はギラギラと照りつけるというのに、まるで寒さに凍えるかのように鈴香は肩を震わせる。

「お鈴さんがいなくたって楽しいなんてイヤなんです！　みんな吹っ切ろうとしてる！　忘れようとしてる！　そんなのイヤなんです！」

風が吹いて鈴香の綺麗な長髪を揺らした。ショートカットの葵の髪はほとんど動かない。

「お鈴さんは、もう静かに距離を置きたいのかもしれないけど、私はずっと仲良しでいたい！　優しくて頭が良くて綺麗で、でもホントはすっごく可愛らしい、憧れの先輩なんです！　私も、引退したって卒業したってずうっと可愛い後輩って思ってほしいんです！」

泣き虫、弱くて、でもワガママで、甘えん坊な自分の頭を撫でてほしい。ツルのお腹をさするみたいに、お姉さんみたいな、お母さんみたいな手で。

肩から上だけ振り返った鈴香は笑っていなかった。本当の気持ちを隠すように、細めた目で葵の涙を見た。驚いているのだろうか。その先にある感情は、悲しみなのか、寂しさなのか、後悔なのか、恐れなのか。

「射場にはいつだっています。ＬＩＮＥくれたらいつでもお相手します。それじゃ、私、精一杯、弓道頑張ります！」

声が裏返った。九十度腰を曲げて頭を下げると、葵はダッシュで射場に戻った。

不自然ではないくらいだが、少し遅くなった後輩に対して明良や啓輔は何も聞かなかった。その目が赤かったから「何かあったのか？」と感じたが、何も聞けなかった。

「ありがとう」

「え？」

四十分ほどのミニライブを終え、永倉マミが手を振りながらステージを去った後で、鈴香は唐突に言った。夜空には鮮やかな花火が咲き乱れている。

「私が言うのも変だけど、葵ちゃんには本当に感謝してるの。楽しかった。嬉しかった。幸せだった。私、弓道部ですごした時間を大人になっても絶対に覚えてるよ」

「…わ、私だって！」

夜風は少し冷たく感じられる。祭りが終わろうとしている。夏が終わろうとしている。

「また秋が来て、冬が来たら、今年もあっという間に終わっちゃいそうだね」

「そうですね」

「全国に行けるといいね」

「はい、頑張ります」

鈴香が葵の髪を撫でた。グッと自分の胸に抱き寄せる。もう限界だった。

「ふぇぇーん！」

感情のタガが外れたように、葵は泣いた。

5

夏が過ぎ去り、少しずつ街は秋の気配を漂わせる。弓道部は冬の全国大会に向けて選手選考の期間に入っていた。

「広いとこだな。いつもこんなとこ使ってたのか？」

「いつもってほどじゃない。遠いし月一程度だな」

明良は今、駕籠山高校の前主将・犬神政直と対峙している。彼はもう弓道部を引退し、受験生として勉強に気持ちを切り換えている。

そんな彼が週の半ば、なんの前触れもなく関原高校を訪れ、明良を呼び出した。

「ちょっと借りていいか？」と意味不明なことを部長に言い出し、葵は首を傾げながらも承諾した。試合に向けて大事な時期ではあるが、犬神ほどの男がなんの考えもなく行動するとは思えなかった。

そして連れてこられたのが川崎市、ほとんど東京都に近い場所に位置する県立の体育館だった。

「で、なんだよ。こっちは部活抜け出してまで連れてこられた価値はあるのか？」

「いや、別にここに来たこと自体に深い意味はない。ただ君と二人で話がしたかった」

犬神の父はここにコネがあるという。本来は閉館日である水曜に特別に入れてもらったらしい。

「せっかくだから引いてくだろ？　着替えるか？」

「…いや、いい。Ｙシャツだけ脱ぐ」

狭い学校の弓道場と比べてこんなに広い場所で弓が引けるのは素直に嬉しい。弓と矢も持ってこいと言われた時点で密かにこういう展開を期待してはいた。

的は二つ取りつけた。犬神も気分転換に時々は弓道部に顔を出して弓を引いてるそうだ。話というのは何か、頃合いを見て聞こうとは思っていたが、彼は一射目を見事的中させるなり口を開いた。

「君は大学では弓を続けないのか？」

「…わからない」

明良は一射目は僅かに外した。お喋りを挟むだけでも射は乱れる。

「馬手が少し下がっている。…あぁ、すまん。頼んでもいないのにとやかく言われたくないよな」

「…話ってそれか？　なんでそんなこと聞くんだ？」

明良は気持ちがまとまらないので一旦脚を閉じた。そして振り返る。犬神は少しも動じずに二射目も的中させた。

「わからない、か。実は俺も迷ってるんだ」

「迷ってる？　続けないのか？」

意外だった。犬神は大学どころか生涯弓を続けると思っていた。しかし、そういうことではなかった。

「部活動として続ける必要、いや、意味があるのかなって思う。俺の求める弓道は勝ちとか負けとかじゃないからな。君の嫌いな精神論、綺麗事だけどな」

「…精神論が嫌いなわけじゃない。綺麗事だとも思わない」

明良はじっと犬神の射を見つめる。三射目も的中させた。

「相変わらず綺麗な射だな。尊敬する」

「君も素晴らしい射だよ。でもどこか窮屈に感じるな」

二人とも正直な気持ちを伝える。どちらもお互いを敵だとは思っていない。かと言って別に仲良くなりたいとも、分かり合いたいとも思っていない。良い意味で、ライバルだとは思っている。

「一つ聞きたい。小野鈴香という人は本当に君の恋人ではないのか？」

「違う」

急に鈴香の名前が出てほんの一瞬だけ言葉が詰まったが、すぐに否定した。犬神は四射目も的中させると脚を閉じて、その場に胡座をかいた。少し面食らったが、明良も同じようにした。

「この前、駅で篠田泰司に偶然会ってな。雑談混じりに聞いたんだよ。君たちに何があったのか」

「あんまり話したがらなかったろ？」

「…まぁな。なぁ、満島君よ、君は全国で一位になりたいんだろ？　それから先はどうするんだ？　たぶん弓と一緒に過ごした日々は良い思い出として終わりにしてしまうんじゃないか？」

「それでいいと思ってる。勉強して就職して普通に幸せに生きる」

秋の日は短い。夕日が辺りを赤く染めて、犬神は遂に話の核心に迫った。

「俺は本物になりたい。犬神謙信の息子なんて呼ばせない。本物の射手に。そのためには、君が、ライバルが必要なんだ。君だってそうじゃないのか？　そうでなければとっくに弓を捨てているはずだ」

去年の県予選決勝、二人は今でも、そしてこれからも人々の語り草になるであろう熱戦を繰り広げた。その時、交わした約束を明良は忘れたわけじゃない。

「…全国一回戦敗退がこたえたか？　妙にいい奴になったな」

「嫌な奴だよ。でも変わる」

それから、犬神は弓を引かずに、明良の練習に付き合った。

第四章

1

十月。残暑も通り過ぎ、一年で最も運動に適した季節がやってきた。

「俺たちの中のどちらかだな、ヨッシー」

「いや、わかんねぇぞ、松ちゃん。あんちきしょうがいる」

沢村先生が真剣な顔で見守る中で選手選考が終わろうとしている。先生は満島、篠田、谷川、三上の四名を選手として決定すると告げた。残り最後の椅子は吉永と松本…中野の三人で争われる。

「中野のほうがいいと思う。チームの勝利のためにはな。そうだろ？　ヨッシー」

「何言ってんだよ、松ちゃん。上級生の意地を見せようぜ」

先月から予選、つまりは実戦を明確に意識した練習が始まっていた。特に練習内容に変化はない。しかし、意識の違いだけでも射に変化は起こるのだ。

「最後の選手は射詰め競射で決める。わかったね？」

「はい」

三人が声を揃えた。射詰めとは簡単に言うとサドンデスだ。一射ずつ順番に引き、外した者から脱落。精神的に引く順番も重要だが、先か後かどちらがやり易いは意見が分かれる。今回は公平にじゃんけんで中野、松本、吉永に決められた。

「こんなに早く試合に出るチャンスがもらえるとは思ってなかったです。先輩方、勝っても負けても恨みっこなしで行きましょう」

「当然だ」

なんだかんだ言って弓道部に馴染んでいる中野だが、この射詰めに勝利して試合に出られれば鈴香先輩も見直してくれるかもしれない、そんなことも考えているだろう。

弓道の試合には介添えと呼ばれる選手の補佐役がいる。この射詰めで負けた二位、三位はそれぞれ補欠選手、介添えとなる。つまりどうなっても一応試合には関われるということだ。

松本も吉永も真剣に弓道に励んでいて全国にも行きたいと強く思っている。しかし、それを成し遂げるのは自分でなくてもいいとも思っている。

手加減したりはしないか、明良は心配だった。弓道は気紛れな競技だ。練習での的中率も考慮すべきとは思うが、一緒に引くなら人として信頼できる二年生のどちらかになってほしい。

泣いても笑っても結果は出る。勝負が始まった。中野が打ち起こした。

射法八節と呼ばれる弓道の基本動作だが、中野は丁寧とは言えないスピーディーな動きでこなす。会も短い。正射必中の理に反するこんな射が当たる筈がない。例えば犬神のような射手なら思うだろう。

案の定、外れた。

中野は露骨に不満な表情になった。これも礼儀として良くないとされている。外れても不貞腐れず、当たっても驕らず。それが弓道だ。

勝負は松本、吉永と続く。二人とも全力を尽くすしかないだろう。あとは神のみぞ知るだ。

松本の一射目は的の少し上、外れだ。射型は悪くなかった。ただ会で少し迷いを感じさせた。

吉永の一射目。これを当てれば一人勝ちが決まる。「当てろ、吉永」

誰にも聞こえないくらい小さな声だが、明良は呟いてしまった。風が少し強くなってきている。射に影響はほとんどない程度だが。

大きく外れた。普段から的中率は三割程度の吉永だが、ここ一番では強い。しかし、ここでは上級生の威厳は見せられなかった。

二射目、中野は的中させた。それも限りなく中心に近い。はっきり言って下手な人にはわからないだろうが、中野は大三と呼ばれる動作に少し修正を入れていた。明良はそう感じた。彼も彼なりに自分で考えながら弓を引いているようだ。

二人の二年生は中野を見て、弓を始めたばかりの頃を思い出していた。弓道には当て気という言葉がある。その名の通り当てたいと思う気持ちだ。これはえてして成長を妨げるものと言われる。

試合で勝ち抜いて上を目指すには的中率を高めるしかない。だが、それは一般的に欲と呼ばれる。誰もが思うだろう。なぜ目標は良くて欲はだめなんだ、と。

当て気に囚われて矢数をかけても単純に的中率は伸びはしない。このジレンマはなんなんだ。たった四本の矢に青春を懸ける高校生には残酷過ぎるだろう。

競射はかなり長引いた。お互いにプレッシャーを掛け合い、よしと残の繰り返し。結局、勝者は中野。松本が補欠、吉永が介添えと決定した。

2

　十一月七日土曜、泰司は射場でスマホを握り締めていた。弓道部男子は全員集結している。

「やっぱ気になるか？」

「いえ、あ、まぁ」

　明良は一旦練習を止めてペットボトルのお茶を飲んだ。午前九時頃から明日の予選に向けて最終調整をしている。

　いくら練習しても不安な気持ちは当然ある。だからと言って今更ジタバタしても仕方ない。人事を尽くして天命を待つ。それだけだ。もうやれるだけのことはやった。

「もたれ、だいぶ直りましたね」

「そうだな。自然の離れとはいかないけどな」

　自然の離れ──会で機が熟し自然に「離れる」ことを指す用語で理想とされる。通常は少なからず意識して「離す」ものだ。

「俺はこのくらいにしとく。お前らも程々にな」

　弓道は自分の力に合っていない弓を使ったりムキになって引き過ぎたりするとすぐに腕を痛める。反復練習は大事だが、安定した射型で一日五十射くらいが妥当だと明良は考えている。

「来た！」

スマホが鳴るのに泰司が瞬時に反応した。葵からだ。今日は一足早く女子の予選が行われている。

「あぁ、そうか。わかった。お疲れさん。あぁ、ありがとう」

「どうだった？」

電話を切った泰司に一同一斉に問う。泰司は両手でバッテンを作った。みんなで肩を落とした。

「葵が羽分け（半分当てること）で他の奴らは一中か残念か。まぁ、こんなもんかな」

「俺たちの前に景気の良い話が聞きたかったけどなぁ」

「俺らは俺らでやるっきゃないさ」

互いに目を合わせる。それぞれにとって大切な、明良にとっては高校生活最後の戦いが始まろうとしていた。

日曜日、朝八時。開会式は十時から。九時頃には会場に着いておきたいので、明良は既に家を出ていた。

緊張で眠れないということはなかった。逆に朝四時には起きてしまっていた。前日、鈴香から応援のメッセージが来ていた。葵が言うには弓道場には怖くて行けないらしい。鈴香自身ははっきり言わないし、まだはっきり自覚しているわけでもない。

最寄り駅で泰司と偶然出くわした。あまり会話はしなかった。他の選手である三上、谷川とも道すがら自然に合流した。軽く挨拶。ここでもベラベラ喋りはしないが、表情は固くない。

「中野たちはもうだいぶ早く着いてるらしいです。松本たちは俺らだけでいいって言ったのに、場所取りは一年の仕事ですからって。よくわからん奴ですよね」

「良い奴と嫌な奴の間で揺れてますよね。あいつ自身、弓道部に入って変わった。弓道部に入ってよかったって、話してましたよ。先輩」

「そんなこと言ってたか、あいつも」

明良は微かに笑った。今日は悪くない気持ちで引けそうだった。だがそれは、やっとスタート地点に立てたということ。

会場に着くと先着組が笑顔で迎えた。せっこうの立ち順は真ん中くらい。今日はあくまでも一次予選だ。ここを通れば来週の二次予選、そして更に翌週の決勝へと続く。

「確認しときますね。五人で四射ずつ計二十射。一立ち目で五中以下は足切り。二立ちで二十中以上で二次予選進出です」

二年の谷川が落ち着いた声で告げる。明良ももちろん承知していたが自然に「ありがとう」と呟く。

「いつも通りに行こう。負けても命取られるわけじゃねぇ」

尊敬する先輩の「命」という言葉に感じ入る一堂。この人は、あの日からどれほどこの言葉を自分に問うただろう、と。

いつも通りに袴に着替え、定例通りの開会式が終わると厳かに、だが平静に試合は始まる。選手たちは入念にストレッチをし、肩慣らし程度の巻藁練習を済ませると、ただ黙ってその時を待った。

「お、次は王朝登場か、松ちゃん」

「犬神サンの愛弟子たちの登場ってとこだな、ヨッシー」

鳴り物入りで駕籠山高校に入学し、犬神は弓道に明け暮れた。監督が言うには、日々の鍛練を何よりも尊び、勝ち負けに囚われる大会や試合を軽視した彼は、実際には威張れるほどの戦績は残していない。

だが、その魂は後輩たちに受け継がれている。そして現キャプテンである大原という男は犬神と違い、素直に情熱的に全国を目指したいタイプだ。

「一次の数字は先に持ち越されないとは言えさ。一本でも多く当てて王者の貫禄を見せたいとこだろうな」

「ギリギリ通過じゃ、今回の駕籠山は大したことないってナメられるからな」

記録係の仕事は当然こなしながら、だが松本も吉永も選手たちの射をしっかりと目に焼きつけようとする。

パーン！

パーン！

パーン！

「景気良いな。ライバルとして恐ろしいけど気持ちがいいな。松ちゃん」

「悔しいけど同感だよ、ヨッシー」

投げやりになっているわけではない。しかし笑ってしまう。敵ながら天晴れ。

二十射十六中、新生駕籠山はその初陣を終えた。

その場は松本に任せ、吉永は選手たちの控え室に戻った。そして、彼らの力強い眼差しに頼もしさを覚える。

「よっしゃー！　みんな準備はできてっか！」

「…たりめぇだ！」

「もうやるっきゃねぇ！」

「絶対勝つ！」

二年生たちは立ち上がり手を重ねる。そこに中野もその女みたいに繊細な手を合わせると、ただ一人の最上級生を見やった。

「…みんな、ありがとうとは言わない。でもこうしてこの日を迎えられたこと、素直に嬉しく思う」

最後に手を乗せた。深呼吸して気合いを込める。

「せっこう勝つぞ！」

「おお！」

それぞれが自分の射をする。それが良い結果を運んできてくれるはず。

結論から言うと、その日のせっこうの成績はさほど良くなかった。だが望みは次に繋がる。四十射二十中で二次予選進出だ。

3

松本は焦っていた。二次予選は全チーム三立ち六十射行い四チームが決勝戦に進める。例年ボーダーラインは四十中と言われている。だが、せっこうは苦しい状況だ。

一次予選を辛うじて通過したせっこうだが、この一週間、部の雰囲気は良くなかった。人間関係の面で。

篠田五中、中野七中、谷川三中、三上四中、満島一中。これが一次の成績だ。

「明良先輩、気にすることないです」

「チームの為にも俺が自己満で引くわけにはいかないだろ？」

落前に立つ三上が最後の一射を的中させ二十中目、無事に一次予選が決定した後の一射を明良は外した。結局、一立ち目の三射目しか当たらなかったことになる。

「自己満なんて誰も思ってないです。射型自体は悪くなかったですから。俺らは先輩が弱気になるほうが悲しいですよ」

泰司と明良が深刻な表情で話し合っている。そこに中野が口を出した。周りで部員たちはハラハラしている。

「満島先輩が選手譲るって言ってるんだから無理に出すほうが酷ですよ。松本先輩で行きましょうよ、二次予選は」

「お前は黙ってろ！　一年坊が！」

泰司が声を荒げると中野が鋭い目つきに変わった。

「それはないでしょう。なんで泰司先輩は自分が絶対に正しいと思ってるんですか？」

「そうだぞ。泰司、今のはお前が言い過ぎだ。中野だって立派な弓道部員で俺たちの仲間だからな」

「…すいません。中野、悪かった」

泰司もここは素直に頭を下げた。二人はいつ大喧嘩になってもおかしくない。和ませ役だった啓輔もいない今、これで明良も引退したら弓道部はどう変化するか。

「とにかく一本でも多く当てられる人が選手になるべきです。松本先輩が遠慮するんだったら満島先輩は次の日曜までに的中率を一パーセントでも高めて下さい」

合理的に考えることを否定はしない。明良も泰司もその時々で調子の良い者を選手にするということは今までにも経験している。それでも、頭では理解できても精神が納得できない。

そんな中で迎えた二次予選本番。一立ち目は篠田三中、中野三中、谷川二中、三上四中、満島一中、計十三中。悪くない立ち上がりだった。

そして一時、待機室に戻った選手たち。決して空気は悪くなかった。泰司が率先して場を鼓舞しようとしたからだ。

「先輩、次もこの調子でいきましょう」

「あぁ、そうだな…」

明良はなんとか自信を失わないように、それでいて冷静さを損なわないように必死だった。

「最後の一射、決して良い射ではなかった。外れた前の三本のほうが良かったくらいだ」

正座する明良の両肩に背後から沢村先生が手を置いた。明良は胸がズキッとするのを感じた。

「でも、チームのために一矢を報いようとした。君らしい、誠実な射でしたよ」

「先生…」

頭が下がる。涙が出そうだった。悔しさなのか、なんなのかわからないのに。歯を食い縛る自分がいた。

二立ち目。篠田四中、中野三中、谷川四中、三上三中、満島…二中。

「よーし、よしよし！」

泰司が威勢良く声を出す。バシバシと仲間の背中を叩く。

「素晴らしいペースだよ、みんな。このぶんだと次は十中程度で大丈夫だ」

記録係の松本が高鳴る胸を抑えながらなるべく落ち着いて話す。沢村先生も笑顔だった。

「おっし！　明良先輩も問題なさそうっすね！」

「あ、あぁ…」

明良は力無く答えたが、いかんと思い、言い直した。

「そうだな！　みんなこの調子で頑張ろう！」

泰司は弓掛けをつけていない方の手で明良の肩を叩いた。言葉は出さなかった。それが一番のメッセージだった。そう、ここまでは良かったのだ。

　昼食時間、みんな午前中の絶好調だった自分たちの射を強気な笑顔で振り返る。しかし、明良だけは別行動を取った。「一人になりたい」とそう言ったエースを誰も咎めはしなかった。

　二立ちで三中、エースとは言えない。劣等感と焦燥感に潰されそうなこの孤独な青年は一人、巻藁室に向かっていた。

「満島君」

　声で先生だとわかった。だが、振り返るのが怖かった。自分の頼りなく震える背中を見せるのも同じくらい嫌だったが。

「今日は何も考えなくていい。頼りになる君の仲間たちに任せましょう」

「それじゃ、自分が納得できないんです！」

　顔を向けることもできないくせに、声を荒げてしまう自分が情けない。だが、振り返らなくてもこの場所にもう一人いることが、なんとなくわかった。

「鈴香…」

「…明良君」

　沢村先生はニッコリ笑って、それから背を向けた。遠ざかっていく背中はどこか力強い。まだ高校生の自分には射手として到底及ばない。人としてもきっと遠く届かない。今はまだ…。

「考えたくないけど、もしかしたら今日で終わりかもって思ったら、なんか落ち着かなくて…来ちゃった」

「そっか、ありがとう」

周りには人がチラホラいる。でも、なんだか二人きりになった気がして、恥ずかしかった。

「明良君、みんなで一緒に、また全国に行こうね！」

「え？」

一歩近づこうとする明良を鈴香は手で制した。そして、変わらない笑顔で明良の心を射抜いてくる。

―どうしてそんな風に笑えるの。僕は、僕は…―

「あぁ、明良先輩！　駕籠山の立ち、一応見ておきましょうよ！　て、あれ？」

遠くから声をかけてくる泰司に気づくと鈴香は小さく手を振って、頭を下げた。

「きっと疲れてるんだよ。また、元気な顔見せてね！」

「…すずっ…」

凛とした後ろ姿と、風はなくとも靡く長い髪。結局、何も言えずに明良は泰司たちのもとへ戻った。

それ以外には何もない。心を乱すようなことは特に何も起きていない。それでも、悪魔というものはどこにでも潜んでいるようだ。

「誰か流れを変えろ」

松本が一人、応援席で祈る。半数の二射ずつ計十射が引かれ的中無し。ツボに嵌まると嘘のように当たらなくなる。メンタル面でさほど強くない欠点が出た。

「よし」

なんとか泰司が当てた。松本はささやかだが看的をする。

中野外れ、谷川当たり、三上外れ、満島…当たり。

「いいぞ！　ナイス明良先輩」

あと五射、正直全部当てるくらいでないと苦しい。

篠田当たり、中野当たり、谷川当たり、三上当たり、満島…外れ。

「くっ…」

松本は思わず額に手を当てる。苦しい、これはきつい。だが時間は戻せない。せっこうの全ての立ちが終わった。

合計三十六中、四位以上になれるかどうか微妙なラインだ。不本意だが他校が大コケしてくれることを祈るしかない。

全てのチームが出番を終えるまでの時間が永遠かと思われるほどに長く感じた。的を矢が射抜く音が部員たちの心を暗くする。黒くする。武の精神に背くことだ。

夕焼けが照らす中で行われた終礼。そこで二次予選の結果が告げられる。

結論だけ言うと、せっこうは四位で決勝戦に進めることとなった。

4

「好き」という気持ちが何よりも大切だ。

これは一年前に明良が一学年上の先輩から教わったことだ。正確に言うと、その先輩が沢村先生から教わったことだ。日曜日二次予選をギリギリで通過してから四日間、男子が優先して練習できるように射場が使われていた。今日は金曜日、女子たちは男子が決勝に向けて集中できるように早めに撤収していた。

「みんな悪くない調子ですね」

先生が優しく全員に声をかける。決勝に進出したのは四校。それらが一対一で総当たり、五人四射計二十射の総的中数を競い合う。全国に行けるのは一校のみ、事実上全ての高校に勝利したチームが優勝だ。

「今までの練習の成果を出し切ればきっと良い結果が出る。君たちならできる」

「はい！」

みんな精神状態も悪くない。どんな競技でもそうだろうが弓道も正解のない競技だ。総当たりだから都合三立ちで一人十二射。たったそれだけで勝負は決まる。怖くないと言えば嘘になる。

「明良先輩、一人じゃないっすからね。俺たちはいざって時はやる男です」

「ありがとう、泰司」

その時、明良の胸にあったのは諦観に似た思いだった。十二射六中くらいを目標にすればいい。それでも、ただそれだけの心境に達するのにどれだけ苦労したか。

「正直に言って、俺がここまで自分の弓を見失ってしまったのは、鈴香のことだけが理由じゃない」

唐突に明良は語り出した。自分にとって、一番大事なことをすっ飛ばして、今より前に進めるはずがないのだ。

二年前、倉田という男が交通事故で右腕を負傷した。明良の先輩で良き兄貴分だった男だ。

二年生の夏休みのことで倉田は怪我の治療のために長い時間を弓と離れてすごした。一ヶ月後、再び的前に立った倉田の射は以前とは全くの別人のそれだった。

怪我によって生じた違和感。右腕に残る不自然な感触。もともと素行が悪く不良と言っていい部員だった倉田は徐々にやさぐれていった。

それでも沢村先生は見放さなかった。煙草を吸い、時には喧嘩もする。部活もサボるようになった倉田を、他の部員たちは邪険にしたが、しかし先生は見捨てなかった。

「君が好きだった弓道は偽物だったのかい?」

倉田は中学時代は帰宅部だった。最初はバスケ部に入ったが、一ヶ月で辞めた。夢中になれるものは何一つなく、ただ不良仲間と駄弁りながら煙草を燻らす毎日。満足はしていた。それ以上を望んでも無駄と悟っていた。だが、今のままでいいとは思っていなかった。

高校に入ったら新しいことに挑戦したくて弓道部に入った。あまり激しいスポーツはすぐに辞めてしまうのが怖かった。そうなったら今度こそ、自分は負け犬だ。

弓道に一番大切な素質は何か?　誰も答えられないだろう。それくらい難解で深遠な競技だ。だが、倉田はなぜか頭角を現した。

自分を褒めてくれる先輩、頼りにしてくれる仲間、試合で結果を残すことの充実感。

「倉田先輩はそういう付加価値が好きだったのか。そうじゃないと思う。あの人は弓道そのものを愛していた」

昔語りをする明良を泰司たちは不思議そうに見つめていた。倉田という先輩のことは一緒に部活に取り組んでいた期間もあるから当然知っている。でもそんなに親しい間柄ではなかったので、明良の話は初耳だ。

「みんなが帰ったあと一人残って黙々と弓を引き続ける倉田先輩の背中を俺はよく覚えている」

「…私もです」

沢村先生が話に割って入った。だが、すぐに再び沈黙した。明良は続ける。

「初めて自分の放った矢が的に当たった時の嬉しかったこと。今でもみんな覚えているんじゃないか？　俺も倉田先輩も弓道のそういうところが好きだったんだ。きっと人間にとって嬉しいは楽しいよりもハッピーなんだ」

倉田は最後の夏、全国へは行けなかった。しかし、最後の一射を見事、星に的中させた。その時の矢の的に突き刺さる音を、盛大で痛快なその音を今でも覚えている。大学に進学して今は学業に専念しているというが、その時の充足感、幸福感は今でも心の支えになっているそうだ。

「鈴香が部を去ってから俺は自分を見失った。弓道がつまらなく感じた。啓輔が引退してその気持ちは更に強くなった。でもそういうことじゃなかった」

明良は矢を一本取って何も言わず打ち起こした。流麗な身のこなし。これが全国二位の満島明良の真の姿。

ドーン！

最適な会の長さで放たれた矢は的の中心近くに突き刺さった。泰司が拍手した。

「この前の二次予選では情けない射を見せてすまなかった。でも大丈夫。もう吹っ切れたんだ。俺が好きだったのは、こんな静かな夜に感じる優しい嬉しさだったんだ」

あれから、鈴香が一作の漫画を貸してくれた。いつだったか、明良が書店で探していた漫画だ。その中では、札付きの悪だが一本気な青年が弓道に高校生活の全てを懸ける姿が描かれていた。

主人公が心から笑うシーンでは明良も同じように笑顔がこぼれ、主人公が悔しさに涙するシーンでは同じように涙が流れるのを感じた。

「先生、ありがとうございました。俺も倉田先輩も弓で苦しんで、でもそれ以上に弓に救われました。好きっていう気持ちが大切。先生に教わったこと、俺は一生忘れません」

真剣な眼差しで明良は頭を下げた。周りの射手たちも一人また一人と頭を下げる。最後に中野も「かっこつけちゃって」と憎まれ口叩きながらみんなに続いた。

ただ愛しくて輝かしい、それ故に切なくてこめかみの奥が脈打つ。そんな青春の日は過ぎて、せっこう弓道部は遂に決勝の日を迎えた。

5

「勉強のリズム崩したくねぇからさ。悪りぃな、応援行けなくて」

「仕方ねぇさ。こっちも気ぃ遣わなくてすむよ」

啓輔からは前日に電話があった。全国に行けたら何がなんでも駆けつけるから、健闘を祈る、とのことだった。

鈴香からも同じようなことを言われた。彼女は部活を辞めることを決めた時、志望校のレベルを上げた。ただ辞めるだけでは、自分は楽な方へ逃げただけだと、あとで後悔することになると思ったのだ。だから勉強でかなり忙しい。

男子の大会に基本的に女子は応援に来ない風潮がある。だから葵なども来ていない。

―途中経過は逐一報告よろしく―

今日も記録担当の松本はそう言われている。一次二次と同じく介添えは吉永、選手も立ち順も変更なし。そんな布陣で決勝に挑む。

「合計六試合が一日で行われます。初戦はうちと二次三位の千堂高校。次が駕籠山と二位の武沢高校です」

泰司が努めて冷静を装って語る。本当は足が武者震いを起こしている。袴なので目立たないが。

「それが一回戦か。まぁ先のことは考えずに行こう。一戦一勝だ」

「そうですね」

頷いた泰司の肩の向こう、少し離れた場所に、明良は見知った顔を見つけた。

「犬神じゃないか」

気づいた時にはもうあちらは近寄ってきていた。一同、神妙な面持ちで出迎える。

「久しぶりだな、的当てゲーム部」

「憎まれ口で言ってんなら気にしなくてもいい。お前がそれほど悪者じゃないってくらいみんな見抜いてる」

明良がニヤリとすると犬神も頭をかいた。

「後輩たちの応援か？」

「君の勇姿を見に来たってのもある」

「そりゃ、どうも。今日は四校しか出ないわけだからな。すぐ終わるよ」

一応受験生である犬神を気遣った、とは言え彼は学業にさほど熱心ではない。安全圏の大学に絞っている。

「答えは、見つかったか？」

意外なほど落ち着いている明良を見て、犬神は問う。みんなも視線を集中させた。

「…さぁ、どうかな」

時計が九時五十五分を指した。案内係が最初の立ちの選手に集合を指示する。

「さぁ、行こう」

「はい！」

せっこう弓道部は決意を胸に一回戦千堂高校とのリングに登った。

晩秋を迎えた空は澄み切っている。その真っ青な空間に快い弦音が響き続けている。

「ひゅー、どっちも快調だな」

「お前んとこの満島サンもやるじゃねぇか。見直したぜ。なぁ、松本」

長い間、弓道をやっていると試合会場で顔馴染みもできてくる。今日はみんなリラックスした雰囲気だ。

明良はこの大会に全てを懸けているとは言え、一般的に高校弓道は夏の大会のほうが盛り上がる。甲子園でいう春と夏のような違いだろうか。

「快調なのはいいけどさ。なんか淡々とし過ぎてない？」

「そうか？　まぁ、あっさりしてるのはいいことじゃねぇか」

みんながお互いの健闘を祈り、穏やかな眼差しで見守っている。戦況は現在両校ともに十五射を終え、関原が一中リードしている。残り五射で逃げ切りを計る。

泰司が会に入った時、千堂の大前の矢は土に刺さっていた。思わず「あー！」と声を洩らす千堂応援陣を尻目に泰司は落ち着いて四射目を的中させた。勝利が見えてきた。

その後も差は縮まることなく関原十三中対千堂十一中で初戦は制した。控え室に戻り、まずはホッと一息ついた。

「よし！　第一関門突破ってとこっすね！」

「やったよな！　この調子でガンガン行こうぜ！」

明良がいつになくハイテンションなので泰司は「おや？」と思ったが、すぐに考え直し納得した。そして驚きで丸くなった目をすぐ元に戻して言う。

「先輩、変わりましたね」

「あい？」

「というか元に戻ったのかな。なんかずっとクールになってましたよ。俺は寂しかったです」

「…そっか、心配かけて悪かった」

少ししんみりとする弓道部。だが、まだ幕間である。短い休息をすますと、既に始まっている武沢対駕籠山の試合を偵察に行く。

そこには青ざめた顔の射手たちがいた。

—臆するな。今の相手はあくまでも武沢。いやいや違う。自分自身だ—

それが今のせっこう部員の気持ちだった。ほんの三十分ほど前に見た駕籠山の立ちが目に焼きついている。そして脳裏にも精神にも。

二十射十六中、うち大原の皆中。

「体配をおろそかにしてはない。でも無邪気に的当てを楽しんでる。そんな感じだったね」

「まぁな、それが大原君のやり方さ」

応援席で松本が駕籠山の部員と言葉を交わす。喋っていないと、見ているだけの自分さえも雰囲気に飲まれてしまう。

しかし、臆しているのは武沢も同じ。むしろメンタルはせっこうのほうが強かった。

「よーし！」

最後の一射を明良が見事に決め、結果十四対十二で二回戦もものにした。

「イカしてんじゃん、みんな！　あとは駕籠山ぶっ飛ばして全国へレッツラドンだね！」

一回戦に続いて二回戦もＬＩＮＥで結果報告したら即既読になり、矢も盾もたまらなかったように電話がかかってきた。

「今、精神統一してっからさ。切るね」

「待ってー！　泰司君！　あ、いや、待たなくていいや、精神統一大事！」

　泰司は電話を切った。みんな笑いを堪えている。「この元気は見習いたいっすね」と言ってスマホをカバンにしまった。

　昼食は軽くコンビニのお握りですませた。なんだかあっという間に時間が過ぎて、なかなか実感が沸いてこない。

「次で決まるんすね」

「最後は楽しもうぜ」

　この時点で敗者は二組。見渡す限り、涙を流している者はいない。ほとんどが二年生でまだ先があるからだろう。

　午後一時、三回戦が始まった。第一射場が駕籠山でその後ろの第二射場が関原だ。つまり泰司のすぐ前には駕籠山の主将・大原の背中がある。

　最初の矢を番えたところで泰司は一呼吸。そして打ち起こした。もちろん駕籠山の大前もほぼ同時に打ち起こしている。

　真っ直ぐに弓を自分の目線より更に上へ。そこから弓を左右に引き分ける。いい射型だった。会に入る。五秒ほどで離れ。

　パパーン！

両校最初の一射は的中。二つの丸が刻まれる。

「よしよし、いいぞ」

介添えの吉永がほとんど誰にも聞こえない声で呟く。選手たちは当然として吉永もかなり緊張している。汗ばむ手で膝をにぎる。

これが漫画なら、大量の心理描写が入るだろう。だが現実世界では一人ひとりの心のうちなど誰にもわからない。吉永の耳には外部の音は聞こえなくなっていた。ただ静かに弦音と、矢が的か土に刺さる音だけが鳴り続ける。

「……」

三回戦、駕籠山十五中。関原は十六中。

最終結果、優勝関原高校、二位駕籠山高校、三位—

第五章

1

数年前、夏の終わり——

靴がない。この前は散々探して結局教室のゴミ箱から発見された。今日もだろうか。

「もう、いや…」

下駄箱から教室に引き返す。まだクラスメイトは残っているかもしれない。どうせ探すなら誰もいないほうがいい。みんな変な目で見るから。

案の定、教室には数名の女子生徒が残っていて楽しそうにお喋りしていた。鈴香はなるべく目立たないようにゴミ箱のほうへ向かった。直接、箱を漁りたくはない。まずビニール袋を引っ張り出して近くの椅子に座り中身を調べる。

お喋りしていた生徒たちが不思議そうな顔をして鈴香を見る。女の自分たちから見ても綺麗な顔立ちの子。しかし性格は控え目でクラスではあまり目立たない。そんなところが逆に「萌える」と男子の間では密かに人気な子。そんないじらしい魅力を持った子が、正反対に汚いゴミをなるべく制服が汚れないように気を遣いながら探っている。

「どーしたん？　小野さん」

「あ、なんでもないの。気にしないで」

本当に全然全く何も気にしないでほしい。そんな鈴香の願いが通じたのか、彼女らはまたお喋りに戻った。

ない、ここじゃないのかな。

ゴミ箱の中にはなさそうだった。他の場所を探そうにも全く見当がつかない。困り果てていた鈴香の肩をそっと叩くのは、端正な顔立ちに鍛えられた体つきの男の子だった。

「これ、俺の下駄箱に入ってたよ。どーしたん？」

「え、あ、あの、ありがとう」

その人は木浪君といって、サッカー部のエースで学校中のアイドル。そんな雲の上の人の下駄箱になぜ？

「ちょっと小野さぁん、それは姑息なんじゃなぁい？」

鈴香は蛇に睨まれた蛙のように固まってしまう。その声を聞くだけで血の気が引いてもう消えてしまいたいほどに恐ろしい相手。

「木浪と噂になってるからってさぁ。私たちのことがそんなに邪魔なわけぇ？」

錆びたナイフで体をそっと撫でるように凍てつく声を浴びせるのは滝沢エリカ。この人に目をつけられてから、鈴香にとって学校は苦しみに満ちた世界となった。

「私たちがあんたのこと苛めてるって根も葉もない噂が広まって迷惑してんのはこっちなんだからねぇ。逆手に取るようなことするなんて、可愛い顔してとんだ策士だわ」

誰と誰が噂になってて、誰が何を逆手に取ってる？　お人好しな世界で小学生までは生きてきた鈴香には上手く状況を整理できない。

「バカ真面目の小野がそんなややこしい作戦思いつくわけないだろ？　エリカ、お前の仕業だろ？」

木浪が呆れた顔でエリカを顎でしゃくり、鈴香を庇う。さっきの女生徒たちはなんだかややこしいことになっているので関わらないほうがいいとすぐに察していたが、野次馬根性が勝ったのでその場に留まり高みの見物を決め込んだ。

「木浪、あんたもこんな阿漕な女がいいとか言うわけ？」

「小野のどこが阿漕なんだ？　意味わかって使ってんのか？　女同士の嫉妬なんて

みっともないぜ」

エリカはふんと荒く息をしてその場を去った。どうやら自分の被害は少ないようだと、鈴香は胸を撫で下ろした。汚れた上履きはあとでまた洗えばいい。

「小野、お前も悔しかったらやり返せ。でなきゃ、いつまでも負け犬だぞ」

「は、はい。ごめんなさい…」

鈴香は消え入るような声でなんとか答える。「なんで敬語なんだよ」と鈴香の額を小突きながら笑うと、木浪もすぐに教室を後にした。残された鈴香は仄かに脈打つ胸を手で押さえていた。

―あれ、なんだろう？　この気持ち…―

その日から鈴香はいつも木浪の背中を目で追うようになった。木浪が夜空に咲く月のように輝いているなら、自分は薄暗い寝室の豆電球だ。とても届きそうにない。でもだからこそ追いかけたくなる。

夏が過ぎ、秋を越え、冬を抜けるともう桜が咲く季節だった。

「木浪君、ごめんね」

「何が？」

隣のクラスの女の子が、去年の春先に木浪に告白した。俺、好きなやついるから、と断ったのをその子は何を勘違いしたか、それを鈴香だと思い込んだ。当時、同じ清掃委員で一緒にいることがたまにあったから。

きっと木浪君は何も気にしていない、私のことなんて道端の石ころくらいにしか考えていない。

そう思いながらも、卒業式の日、告白した。…フラれた。

―俺、ビクビクオドオドしてる女、苦手なんだ。悪い―

強引な行動力があって俺様な木浪君、ちょっと引っ込み思案で気が小さい私。カップルって意外と正反対なほうが上手くいくって大好きな少女漫画に書いてあったんだけどな。

ちょっぴりしょっぱい涙を流しながら鈴香は中学を卒業した。高校生になったらもう少し強くなりたいな。そう思いながら今もまだ臆病なままで、鈴香はここにいる。

2

「小野鈴香さん、あなたのことが好きです」

「…ありがとう」

十二月、季節は冬を迎えていた。鈴香は人のいない校舎の隅で中野秋哉と向き合っていた。

「気持ちは本当に嬉しいの。最初は軽そうな人って思ってた。でも少しずつ変わっていった」

「先輩に相応しい男になりたかったんです」

髪を黒くしている。いつ戻したんだろう。

「私は、明良君が好きなの」

「…やっと言ってくれた」

最初は憧れや尊敬の気持ちが大きかった。中学時代から、弓道をやっている人の間ではちょっとした有名人だったという。まだ弓のことなど何も知らない鈴香でもわかった。先輩たちの射とは何かが違う。なんというか、心の込もった射。

誠実で一生懸命、でもどこか達観しているような、胸の奥をのぞかせてくれない。

それが逆に、もっと近づきたいと思わせた。

自分が彼の選手としての道を狂わせた。

「俺、中学の時はバンドやってたんです。ギターが好きで、ロックが好きで、ライブやることが楽しくてしょうがなかった」

「そうなんだね」

「ちっちゃいライブハウスですけど、親しかった先輩のツテもあって出させてもらう機会があったんです」

「うん」

「俺が馬鹿だったんです。今でも賢くはないけど。お客さんが盛り上がってんのは先輩たちのバンドのついでなのに。なんか自分がすげぇロックスターにでもなった気持ちになって」

「うん」

「客席のほうに飛び込んだんです。それでお客さんに怪我させちゃって」

寂しそうに中野は告白を続ける。鈴香はなんだか中野の痛みや孤独が伝染したように少し肩を震わせた。

「けっこう大きな怪我で、親とかにはすげぇ怒られた。もともとバンド仲間以外にはあんまり友達もいなかったから。けっこう学校でも悪い評判が出回って。俺もなんだかバンドやる気力がなくなっちゃって」

「…うん」

そこで少し沈黙が生まれた。中野が制服のズボンをギュッと掴んだ。

「怪我させただけでも相当落ち込んで、毎日が狂っちまって。でも明良先輩は殺しちまってたかもしれないんすよね」

「殺し」という言葉に鈴香は眉をひそめた。中野は「すいません」と言ってから話を続ける。

「俺にとって明良先輩は目の上のたんこぶです。その気もないのに鈴香先輩に期待ばっか持たせて。俺はこんなに真っ直ぐに気持ち伝えてるのにあの人がいる限り先輩は俺のものにならない」

中野は握り拳に更に力を込めた。鈴香は少し後退り、この不良になり切れない青年から距離を取る。だが、中野はその距離を再び詰める。

「キャッ！」

中野が鈴香の細い両肩に手を置いた。

「綺麗です。先輩。好きです。もういいじゃないですか。明良先輩とは最初から縁がなかったんですよ」

「離して、勝手なこと言わ――」

その瞬間、鈴香の視界から中野の顔が消えた。正確に言うと、近づき過ぎて「顔」と認識できなくなった。

「おーい、中野ぉ。あいつどこ行ったんすかね。もう部活始――」

泰司にとって、一緒にいた明良にとって、最悪な偶然――だったのか。

「あっ…」

視界に入った映像を泰司の脳が整理して心が理解するまでの一瞬に鈴香と中野の声が重なった。泰司は駆け出していた。立ち尽くしている明良とは対照的に。

ガッ！

殴られた頬の痛みを、打ちつけた腰の痛みが上回るほどに、中野は激しく転倒した。

「泰司君！」

鈴香が悲鳴を上げる。その目から涙が溢れた。そして滲む視界に、明良が入る。

「違う…違うの…」

口を押さえながら鈴香は逃げ出した。明良はそこでようやく我に返った。泰司が息を荒げ、中野は尻餅ついたまま頬と心の痛みに顔を歪めている。

「中野テメエ！」

「……」

目元にうっすらと涙が浮かぶ。それでも言葉にすることができない。

「中野…」

スッと近寄った明良が、まだ起き上がれない中野に手を差し出す。中野もその手を握って立ち上がった。付着した土を払う。

「先輩…これでも、まだこいつを庇いますか？」

「…いや」

氷のような時間が流れた。最初に口を開いたのは中野だった。

「泰司先輩は、恋なんてしたことないでしょう。あんたみたいな無骨な人間に俺の気持ちはわからない」

「わかりたくもないね！　明良先輩はお前なんかと違って純粋に鈴香先輩を――」

「純粋ってなんなんですか？　もし鈴香先輩がブスだったとしても、同じこと言えるんですか？」

「…っぐ、てめ…」

「泰司、もういい」

明良が少し大人の顔で泰司の肩に手を置いて宥める。そして中野の前に立った。

「ブスだとしても、笑った顔が綺麗で、優しければそれでいい。俺は鈴香のそういうところが――」

ガッ！

明良の左頬に痛みが走る。そして、目を見開く泰司の右頬を返す中野の左手が打った。

「なにすんだ、テメエ！」

「優しくするだけが愛だとでも思ってるんですか！」

二人の絶叫が空まで届く。この世界中で、この時だけは他に何もなくなったかのように感じられた。明良は咄嗟に押さえていた頬から手を離した。

「あんたたちの真剣さが！　純粋さが！　優しさが！　鈴香先輩を苦しめてることにも気づかないんですか！」

互いに視線を交わす明良と泰司だったが、数秒の沈黙があっただけで、どちらも言い返すことはできなかった。

「俺、部活行きます…明良先輩、俺は思いますよ。あなたがヘラヘラ笑いながら、何事もなかったみたいに接していれば、あの人は救われたって」

カバンを持ち上げて、まだ自分でもしっくりこない黒髪をガシガシと掻くと、中野は弓道場に向かった。残された二人は、互いに言葉を交わすこともなく、明良のほうはただ冬の空を見上げ、泰司はここまで拗れてしまった糸をどう解きほどけばいいのか、自分の無力感と悔しさから流れる涙を拭おうともしなかった。

3

国境の長いトンネルを抜けると雪国であった。

あまりにも有名なその一文を、明良はなんとなく思い出していた。今現在、自分たちはトンネルを抜けたわけではなくバスから降りたところなのだが、その目に映ったのは見渡す限り美しい「雪国」だったから。

泰司先輩に殴られたから、僕は殴り返し明良先輩のことも殴った。頬が目に見えて赤いことを女の子たちに追及された時、中野は包み隠すこともなくそう答えた。

二人の先輩は部活に少し遅れて参加した。複雑で、決して明るくはない表情だった。それでも何事もなかったかのように振る舞おうとする二人に、部員たちは何も言えなかった。

全国の舞台へ向かうまであと三日という木曜日、翌日は開校記念日で休み。金土の二日間で、明良は最後の調整をしようと考えていた。射型は悪くない。直近一週間の的中率は五割程度。二年生たちは概ね好調だったが、自分も足を引っ張るほどではないと胸に言い聞かせていた。啓輔から声をかけられたのはそんな時だった。

「明日、三人で北海道に行こう」

「…三人って誰?」

明日、北海道、という名詞にも疑問符はあったが、まず聞き返したのはそこだった。

「俺とお前と鈴香」

啓輔が小学生まで住んでいた生まれ故郷、北海道で暮らしていた祖母が亡くなったそうだ。九十五まで生きたんだから文句は言えねぇと、啓輔はそれほど悲しんではいないようだったが、お葬式には受験勉強を中断してでも行きたいらしい。

郵便はがき

料金受取人払郵便

新宿局承認

3970

差出有効期間
2022年7月
31日まで
(切手不要)

1 6 0-8 7 9 1

1 4 1

東京都新宿区新宿1－10－1

(株)文芸社

愛読者カード係 行

お名前《ふりがな》		明治 大正 昭和 平成 年生 歳
ご住所《ふりがな》	□□□-□□□□	性別 男・女
お電話番号	(書籍ご注文の際に必要です)	ご職業
E-mail		
ご購読雑誌(複数可)		ご購読新聞 新聞

最近読んでおもしろかった本や今後、とりあげてほしいテーマをお教えください。

ご自分の研究成果や経験、お考え等を出版してみたいというお気持ちはありますか。

ある　ない　内容・テーマ(　　　　)

現在完成した作品をお持ちですか。

ある　ない　ジャンル・原稿量(　　　　)

書　名				
お買上 書　店	都道 府県　　　　市区 　　　　　　　郡	書店名	書店	
		ご購入日	年　　月　　日	

本書をどこでお知りになりましたか?

1.書店店頭　2.知人にすすめられて　3.インターネット(サイト名　　　　　)

4.DMハガキ　5.広告、記事を見て(新聞、雑誌名　　　　　)

上の質問に関連して、ご購入の決め手となったのは?

1.タイトル　2.著者　3.内容　4.カバーデザイン　5.帯

その他ご自由にお書きください。

(　　　　　　　　　　)

本書についてのご意見、ご感想をお聞かせください。

①内容について

②カバー、タイトル、帯について

弊社Webサイトからもご意見、ご感想をお寄せいただけます。

ご協力ありがとうございました。

※お寄せいただいたご意見、ご感想は新聞広告等で匿名にて使わせていただくことがあります。

※お客様の個人情報は、小社からの連絡のみに使用します。社外に提供することは一切ありません。

■書籍のご注文は、お近くの書店または、ブックサービス(0120-29-9625)、セブンネットショッピング(http://7net.omni7.jp/)にお申し込み下さい。

「なんで俺たちも？」

「見せたいものと、話したいことと、伝えたいことがある」

まぁ、なんだ、要するに気晴らしに旅行に行こうぜってことだ…そう付け加えたのは本心ではないなと明良は悟った。これと言ってお金のかかる趣味はない明良はお小遣いには困っていない。旅費くらいは工面できる。鈴香のほうはと言えば「楽しそうだね」となんの疑問もないようだった。明良と一緒にという点に少し気まずさはあっただろうが。

「静かだろ！　空気が美味しいだろ！　やっぱ田舎っていいもんだろ！」

「ホント！　来て良かったぁ！」

思いっきり背筋を伸ばす啓輔と鈴香だったが、片方は郷愁、もう片方はなんだかヤケクソといった感じだった。

「鈴香、最近すごい疲れてたろ？　たまには羽伸ばしたほうがいいぜって思ったんだ」

「うん、ありがとう！　啓輔君！」

目を輝かせる二人だったが、明良は「大丈夫か？」と思う。

鈴香は自分では受験勉強は順調だと言っているが、率直な話、この時期にこんな寒い場所に来て風邪でも引かないといいがと思う。啓輔のほうも、いくら大往生とはいえ肉親の死に軽い気持ちで友達を呼んでいいのかと思った。いや、軽い気持ちではないのかなと、こちらはすぐに思い直すのだが。

三人は啓輔を先頭に歩き始めた。啓輔の両親は諸々の準備のために前日のうちに母の実家に帰っている。明良も何度か顔を合わせたことはある。

三人とも制服でしっかりネクタイもしている。特別なことは何もなかった。これが人が死ぬということ。この宇宙に生命が生まれた日から何万回何億回と繰り返されてきたこと。式は当たり前のように執り行われていった。

涙を流す人がたくさんいる。小さな子供たちは慣れない黒い服に身を包み、何かいつもと違うことが行われているということだけを感じる。

人が年を重ねるということは、未来と過去の比率が少しずつ変わっていくということ。

「明良君も鈴香ちゃんも少し会わないだけでどんどん大人になっていくのね」

「母ちゃん、俺だって成長してるんだから当たり前だろ」

「自分の子供はいつまでも子供なのよ」

大人しく参列した三人は再び外に出て、都会ではまず見られない地平線を見渡す。

啓輔が何か言おうとする。少し息が詰まる。それでも気を取り直しまた口を開く。

「見てな。面白ぇもんが出てくるからな」

明良は隣にいる鈴香と目を合わす。啓輔が見せたかったもの。鈴香が口を手でおおった。

「あれ、もしかして…」

「月だ」

金色に輝く月が空と大地の出会う場所からその顔をのぞかせる。大きい。都会で見るそれとはまるで別物だ。

「面白えだろ！　北海道じゃあ月がこんなにでっかく見えるんだ！」

「すごーい！」

無邪気な子供のように目を輝かせる鈴香。明良も驚きのあまり声が出ない。

「綺麗だろ？　俺はこれ見る度に自分もこの世界も、まだまだ綺麗なんだって思えるんだよ」

啓輔はまた背筋を伸ばす。もっともっと伸びるようにと。

「ちっぽけだろ？　これ見る度にちっぽけだって思うんだ。俺も、俺たちの悩みも…」

月明かりが明良の目にしみる。わかりやす過ぎる啓輔の不器用なメッセージも胸にしみてくる。

見つめ合うのではなく、三人は同じ空を見上げる。

「俳句なんかの世界ではさ。月凍つるっていう表現があるんだ。澄み切った空にさ。全てが真っ白に凍りつくような空間に、月が浮かんでる。凍りつくなんて言うと悪いイメージも浮かぶけどさ。あったかーいだけが優しさじゃねえだろ。俺、二人のことずっと見てたからさ。たぶん二人は近づき過ぎてたんだよ。お互いの体温が伝わって、心の声まで聞こえてくるくらいに。だから、逆に見えなくなるものもあった。あの日のことは、たぶん俺も一生忘れない。二人も忘れないだろ？　一度、離れてみて気づくこともあるさ。二人がどれだけお互いを想っていたか。どうでもいい奴だったら、こんなに悩まなかったろ？　もう少しのところで死んでたじゃなくてさ。もう少しのところで助かったんだって思えよ。神様がくれた試練だったんだよ。二人にはまだ、厳し過ぎる試練だったかもしれないけどな」

啓輔は一気に語った。風が吹き、草木はさやめき、鈴香の長い髪を揺らす。でも明良の心は揺るがない。折れることもなくしなる。でもうユラユラと迷ったりしない。

「サンキュな、啓輔」

「どういたしまして」

トラックの荷台に腰を下ろしていた明良が涙を隠すように、その両腕に顔を埋める。

「しょうがねえなぁ」と、親友の頭をガシガシすると最後に優しくポンと叩いた。そして再び数メートル前へ。振り返らない。背中で語る。

「全国優勝しろよ、明良ちゃん！　そしたら俺は…」

「…俺は？」

啓輔はくるっと反転した。月明かりが後光のように彼を照らしている。

「館野さんに、告白する！」

「はひ？」

呆気に取られる二人に向けて、啓輔はビッとVサインを作る。

「あ、葵ちゃんのこと好きだったの？」

「い、いつから？」

「一目惚れだ！」

堂々と宣言する啓輔を見つめ、二人はフリーズする。そして二秒後に吹き出す。

「あっはっは！　啓輔君うける！　あっはっは！」

「お前、伝えたいことってそこか！」

出会った頃のように、少年と少女は屈託なく笑う。その頬を冬の風はもう一度冷たく撫でる。時には冷酷に感じられる冷たさが時には火照った体を快く冷やすように。

「おれはな！　星が大好きだけど一番好きなのは月なんだ！　見てみろよ！　こんな

に近くで俺たちを見守ってくれてるんだぜ！　満ちる時がありゃ欠ける時だってあんのさ！」

月に向かって啓輔は拳を突き出す。明良は思う。

僕たちはずっと夢を見ていた。優しくて美しい、だけど切なくて狂おしい…幸せな夢—

4

夜は更に冷える。目が冴えてしまった。

明良は啓輔の祖母の家の縁側に腰掛けていた。マンション暮らしの明良にはなかなかできないことだ。

「明良君？」

「ん？　あ、なんだ。鈴香か」

時間の感覚がなくなっていた。なかなか寝つけなくて布団から起き出したのが午前一時頃。鈴香も同じように起きてきたようだ。

「本当に、月が綺麗だなって思ってさ」

「そうだね」

　鈴香も自然に明良の隣に腰を下ろす。静かな夜だった。明良は鈴香の穏やかな横顔を見つめる。

「ねぇ、明良君。知ってる？　夏目漱石はアイ・ラブ・ユーを月が綺麗ですねって訳したんだよ」

「現国の田村が言ってたな。あのおっちゃん、妙なところでロマンチックだからな」

「…本当に綺麗なお月様だね」

「うん」

　会話が途切れ、静寂が訪れる。明良は何も考えられなくなった。それが心地良かった。

「…私ね、中学の頃、好きな人がいたんだ。木浪君って言って、すごく格好よくて勉強もスポーツもできて、憧れだった」

「そうなんだ」

「うん、それでね。私なりに思い切って告白したんだ。好きですって。でもフラれちゃった。木浪君、ビクビクオドオドした女は苦手なんだって」

「…そっか。それは悲しいね」

「うん。だから私、高校生になったらもうビクビクオドオドしないって、もっと強くなるぞって決めたの。でも、ダメだね。私はまだまだ弱虫で、だからだよね？　私がもっと強い子だったら、明良君を苦しめなくてすんだのに…」

鈴香の瞳から涙が溢れた。それは弱さなのか、優しさなのか。

「誰だって死ぬのは怖いから。でもさ、俺は思うんだ。それってまだまだ生きていたいから、いつも精一杯生きて、まだまだやりたいことがいっぱいあるからじゃないかって。自分の人生に対して、いつも真剣に向き合ってるからじゃないかって」

「ありがとう」

「…だから、好きだ」

自分でも驚いた。自然にその言葉が出た。ずっと前から思ってた。もっと早く伝えていればよかった。そうすればもっと違った青春時代になっていたかもしれない。だが、言うまい。今の自分に、後悔の念はなかった。

「…私も、好きです」

これは、なんだ。なんなんだ。これは。

本当は初めから、ただこれだけのことだったんじゃないのか。

どちらからでもなく、その顔を寄せた。触れるだけのキスをした。

「…ごめんね、初めてじゃないの」

「わかってる。でも俺はあいつがいなきゃ、こんな気持ちになれなかった」

どこからか、少し強い風が吹き、その音にハッとした二人は思わず離れる。そして微笑み合う。

「こんなふうに、笑えなかった」

明良は鈴香の細い肩を抱き寄せた。随分と遠回りした想いが、今こうして一つになる。

「好きだ、鈴香……」

「ありがとう」

月がとても綺麗だ。この世界が変わってしまっても、どんなに悲しい夜が訪れても、悠久の彼方からそこに輝き続けている。

何度だって言うよ。

月が綺麗ですね。

月が綺麗ですね。

月が綺麗ですね。

月が――月が――とても綺麗ですね――

5

群馬県、全国高等学校弓道選抜大会。

「よっしゃー、待たせたな！　全国の強者どもよ！」

「テンション高ぇよ、泰司」

神奈川から約三時間の道中、一行は静かだった。一日千秋の思いで迎えた――というわけでもないだろうか――本番の舞台だ。これから最長三日間の戦いが行われる。

「明良先輩こそ。北海道で何があったんですか？　すっごい良い顔してますよ」

「…さてね」

弓道部男子全員プラス沢村先生プラス一名というお馴染みのメンツ。その「プラス一名」に明良は声をかける。

「北海道はまぁ仕方ないとして、今日も群馬まで来ちゃって大丈夫なのか、啓輔」

「バカヤロ。親友の晴れ舞台に応援にも来れねぇほど俺の受験は危なくねぇよ。てか絶対後悔する気がするんだよ。今日はデカイことやらかしてくれそうでさ」

明良は「そうか」とだけ言って歩く足を少し速めた。

鈴香とは夕べ遅くまで電話で話していた。まだ何かを成し遂げたわけでもないのに、明良はもう胸が一杯だった。それがおかしくて笑えてしまう。

駅から少し離れて少し長い坂道を上るとそこに会場が待ち構えていた。

「写真撮っときましょうか？　みんなで記念撮影。なぁ、ヨッシー」

「帰りにしようぜ、松ちゃん」

あまりにも立派な門構えとその威厳に圧倒されてしまう。しかし、ためらわずにあらためて一歩踏み出す。

その時、後ろからなんだか不思議な気配を感じ取った。小所帯のせっこうと比べ物にならないほどの大人数で「彼ら」は自分たちを横から追い抜いていった。

「光聖高校…今年もあいつらが立ちはだかるか」

前年度、団体・個人それぞれで優勝。大阪は光聖高校のお出ましだ。泰司は武者震いを抑えられないようだ。

「俺たちは俺たちの弓道をやろうぜ。絶対に負けねぇぞ」

「そうっすね」

勝ちたいんじゃなくて、負けたくない。それから…。

死にたくないんじゃなくて、生きていたい。

せっこうの射手たちは高鳴る鼓動を感じながらただ開幕の時を待った。

張り詰めた緊張と、緩和。鳴り響くのは弦音と応援陣の元気な声。

「全国まで来ると、みんな的中率が高いですね。先生」

「そうだな」

今日も絶賛記録係中の松本は前のめりで食い入るように射場を見つめている。その一つ後ろの席で啓輔は沢村先生と言葉を交わす。

「俺たちが調子悪くても愚痴だけは言わねぇって決めて必死で練習してんの見て、先生はいつも言いますよね？　楽しんでやってるみたいだなって」

「そうだったかな？」

まだまだ若々しくエネルギーに満ちた目をしている先生。そうだ、戦いはまだまだ続く。

「…俺たちはこんなに悔しがってるのに、楽しんでるみたいってどうゆうことだよって正直思ってました。でも今なら、わかる気がします」

「来い…来い…よーし！」

一際大きな声で看的をする松本。周囲から失笑が漏れているし、啓輔も苦笑いだ。

そんな松本の肩に先生はそっと手を置く。松本は更に気持ちが入る。

「今、三射目当てた奴。去年、野島先輩に負けた奴じゃね？」

「そうだったか？　どこの奴だ？　関原…の満島明良？　覚えてねぇな」

なんだかザワザワし出す。啓輔は既にど真ん中の白丸に三本の矢が突き刺さった的を、心が踊り出すような気持ちで見つめている。そして大声で自慢したくなる。

あいつは俺の親友だって。

引退しても、卒業しても、大人になっても、お爺さんになっても、ずっと傍で応援していたい、スゲエ奴なんだって。

前に立つ中野が最後の射を的中させた。お膳立てはできた。引き分けから会に入る。みんなが見てる。誰もが弓を初めて手に取ったその日からずっと繰り返してきた。

全ての時が止まったようだ。

「…よーし！」

最後の矢も中心を射抜いた。一人、また一人と拍手を送る。これは只の皆中じゃない。細かい事情など知らない。でもそんなことはどうでもよかった。

割れんばかりの拍手の嵐の中で啓輔は呟く。

「…スターだ…」

戦いは始まったばかりだ。奇跡だって起こりそうな気がした。何かがまた生まれ続いていく。そんな予感がしたんだ。

終章

「教室でははしゃいじゃだめだよ、鈴香」

「わかってるよー。受験ダメだった人だっているんだからね」

長かった冬が終わり、まだ寒さは残るものの、風は少しだけ春を感じさせた。

三月、卒業という二文字はまだ全然実感を帯びていない。

ほとんどの生徒が既に進路を決定させている。鈴香も見事第一志望校に合格した。

「まだ誰にも話してないんだけど、私も大学行ったらもう一度弓道やり直してみようかなって」

「ホントに？　そっか、それがいいよ！　俺も今度こそ全国制覇狙うからな！」

目を輝かせて語り合う二人。通い慣れた道ももう毎日通ることはなくなる。そんな寂しさなどちっぽけなものだった。

「群馬は本当に楽しかったよ。結果は残念だったけどな」

「残念なんてことないよ。団体で三位だもん。全国で三番目に強いんだよ」

「俺は個人で泰司に負けた時点で燃え尽きちまった。またあいつらに宿題残しちまったな」

「その泰司君も決勝で光聖のエースに負け。夢ってのはなかなか叶わないものだね」

「そうだな。…あれ？」

明良が何かに気づいたように空を指差す。鈴香も顔を上げた。

「わぁ、飛行機雲。久しぶりに見たなぁ」

青い空に白い雲。二人はしばらくそれを眺めていた。

少し悲しい話も。短い間とはいえせっこう弓道部のアイドルとして君臨したツルが息を引き取った。野良猫というのは見た目では年齢がわからない。実は最初から高齢だったのかもしれない。暖かい部室で眠るように天国へと旅立った。

「あ、葵ちゃんだ！　おーい！」

少し前方を歩いていた二人に鈴香が気づいた。葵と啓輔だ。

「お鈴さーん！　おはようさんでぇす！」

変わらない元気な笑顔を見せる葵だったが、明良の目は握られた二人の手に向いていた。

「お二人さん、その手は？」

ハッとして啓輔のほうからその手を離す。だが、恥ずかしがることもないかとすぐに思い直し、再び葵の小さな手を握った。照れたような笑顔が少しだけ大人になっていくようだ。

「…お似合いだよ。お幸せに」

誰にも聞こえないように、明良は囁いた。はずだったのに。

「…本当にお似合いですよ。お二人もね」

「げ、中野。いたのかよ」

中野秋哉が取り巻きの女の子を連れて明良たちを追い抜いていく。泰司は最後まで

ぶつくさ言ってたが、彼は来年度から軽音部と掛け持ちにすることを決めた。

「お二人見てると俺がピエロに思えてきますよ。しょうがねぇからそのうちすげぇ

ミュージシャンになって鈴香先輩に後悔させてみせますよ。もちろん弓道も勉強もや

るからにはマジですからね」

「できればもう喧嘩はすんなよ」

「一応了解です」

黒に戻した髪がかなり長くなっている。染めるではなく今度はそっち路線でカッコ

つける手か。素直じゃねぇよなぁと、笑う明良に鈴香も穏やかに頷く。

卒業してからも、時々道場には顔を出そう。僕らにたくさんの気持ちを教えてくれ

たツルの墓参りも兼ねて。

射手たちは、いつも思うように歩き続けることはできない。時に立ち止まり振り返り、何度でも遠回りしながら、それでも「ただ真っ直ぐに飛んでいけ」と願いながら矢を放つ。

仲間を想い、自分を磨き、その道を歩み続ければきっと、人はなんにだってなれる。

凍てつる空に輝く、星のようにだってなれる。

完

著者プロフィール

和久井 志絆（わくい しずな）

1987年生まれ。神奈川県出身。
神奈川県立鎌倉高等学校卒。
国士舘大学中退。
趣味　読書、音楽、将棋、マラソン。
弓道初段。双極性障がいあり。

いてつる星

2022年１月15日　初版第１刷発行

著　者　和久井 志絆
発行者　瓜谷 綱延
発行所　株式会社文芸社
〒160-0022　東京都新宿区新宿1－10－1
電話　03-5369-3060（代表）
03-5369-2299（販売）

印　刷　株式会社文芸社
製本所　株式会社MOTOMURA

ISBN978-4-286-23191-4